中华古诗文经典诵读丛书

拼音导读译文赏析

唐诗名篇

陈果安　选编

图书在版编目(CIP)数据

唐诗名篇/陈果安选编. —长沙:中南大学出版社,2012.1
ISBN 978-7-5487-0528-4

Ⅰ.唐... Ⅱ.陈... Ⅲ.唐诗-青年读物 Ⅳ.I222.742

中国版本图书馆 CIP 数据核字(2012)第 104862 号

中华古诗文经典诵读丛书

唐诗名篇

陈果安 选编

□责任编辑 孙如枫
□责任印制 周 颖
□出版发行 中南大学出版社
社址:长沙市麓山南路 邮编:410083
发行科电话:0731-88876770 传真:0731-88710482
□印 装 长沙市宏发印刷厂

□开 本 850×1168 1/32 □印张 8 □ 字数 123 千字 □插页
□版 次 2012 年 2 月第 1 版 □2012 年 9 月第 2 次印刷
□书 号 ISBN 978-7-5487-0528-4
□定 价 18.00 元

图书出现印装问题,请与经销商调换

【总序】 ◉李生龙

当您翻开这套丛书，看到“经典”二字的时候，一定会心里嘀咕：什么叫做“经典”？

让我们先打一个比方。

古人把织布的纵线称为“经”，“经”是贯穿一匹布、一匹锦绣的主线。没有这样的主线，这匹布、这匹锦绣就无法做到丝丝入扣，首尾综贯。一个民族的文化就像一匹锦绣，上面繁花簇簇，异彩纷呈，但总有贯穿其中的主线。正是这样的主线，才使这个民族的文化能始终一以贯之，不绝如缕。经典，就是这贯穿民族文化的主线。

“经”又有“常”的意思。一个民族，一个人的一辈子，总有可以经常反复讽诵的典籍，这样的典籍就是经典。经典，是思想精华之府库，人生智慧之结晶，文化积淀之渊海，民族特色之表征。它可以熏陶人，净化人，塑造人，造就人。它虽为古籍，却可以常读常新，温故知新。如果说有什么可以伴随一个人一辈子的话，那就是经典。

《三字经》说：“人遗子，金满籯；我教子，惟一经。”一本经书胜过满箱金银，这是古人的看法；在今天看来，这样的见解仍不无道理。让我们仔细想想，前人留给我们的，有什么比经典更宝贵的呢？

中华民族源远流长，积累的经典众多，因而当我们考虑哪些经典值得列入首选的时候，颇费踌躇。基于这样的考虑：即一个人迫切需要的是提高理性思辨水平、道德修养境界和情感审美能力。于是，我们选编了《大学·中庸》《论语》《孟子》《老子·庄子·易传》《诗经·楚辞》《唐诗名篇》《宋词名篇》《唐宋散文名篇》共8本，组成一套“中华古诗文经典诵读丛书”。这些都是经过历史检验的经典，诵读它们，会对人生有益。由于上述经典中有些比较繁难，我们采取了节选的方式。处理是否恰当，还有待于读者的检验。

古人读书，十分讲究诵读。所谓诵读，就是要读出节奏韵律，读出格调气势，读出精神韵味。一般都采取放声朗读的方式，这样才可以出于口，悦于耳，入于心。

读经典应从幼儿抓起。幼儿记性好，且只要记住了就会终生难忘。这就像练武讲究“童子功”一样，年幼时练得扎实，有了深厚的基础，将来才有可能成为大师。诵读时一定要反复读，认真记，仔细想，尽可能都背下来。能背下来，才能慢慢咀嚼消化，给人生提供养料。阅读经典和阅读一般书不一样，它不能采取一目十行地浏览的方式，而是要精读强记，字字落实。如果只是浏览，就会收效甚微，起不到培养功底的作用。

背诵经典有一定难度，非得持之以恒不可。每天坚持背诵一定的数量，久而久之，积少成多，自然就能加快记忆速度，加强古文功底，提高思想道德修养和阅读欣赏水平。

经典的文字有难有易，应本着循序渐进的原则，先从易诵易记的入手。有些经典篇幅较长，可以分段落来记诵，也可以选择某些段落或篇章先行记诵，以后陆续补齐。不过，一般来说，对最有代表性的经典，如《大学》《中庸》《论语》《孟子》《老子》《唐诗名篇》《宋词名篇》《唐宋散文名篇》以全部记诵为上乘，选篇章记诵次之，选段落记诵又次之。请记住古人的话：欲速则不达。请不要贪多，不要图快，关键在于知难而进，持之以恒，学有所得。

由于经典都是古文，机械记忆往往事倍功半，所以需要有一定的辅助手段。年幼的，可由家长、老师给予一定的辅导；年长的，则可自行参考有关辅助材料。考虑到这种需要，我们在原文中加了注音和简注，在正文后附有译文或简要提示，供家长、老师或诵读者本人参考。为了给读者提供视觉休闲区，我们还在适当的地方配上了插图。如果诵读者能做到在诵读中理解，在理解中记忆，在记忆中消化，在消化中力行，就能收到事半功倍的效果。

我们都愿自己的孩子成材，都愿自己有丰厚的文化底蕴，甚至希望孩子或本人成为大师。那么，就让孩子和我们自己从诵读经典开始，一点一滴地积累，一步一步地向这样的目标靠拢吧！

【小序】 ◉陈果安

中国是一个诗的国度，唐诗代表了我国古代五七言、古近体诗的最高成就。它构成了我国古代文化最为辉煌灿烂的一个部分，也留下了后人无法跨越的一个高峰。

唐诗在民族文化中的地位几乎是其他文种所无法替代的：它培植和浸润了我们民族的“诗魂”，给民族文化铺上了一层最醇厚最重要也是最基本的文化底色。过去读书人接受基本的文化训练，往往就是从唐诗开始的。即使刚会说话，尚未入学的童稚，也能随口背诵数十首唐诗。

一个人在年轻时能背诵几十首到几百首唐诗，是一辈子受益无穷的事。读唐诗，背诵之功必不可少。读诗不像读小说，泛泛看去，收效甚微。出口成诵，含英咀华，日渐浸染，方能领略诗的境界。但唐诗篇什之富，作者之众，灿若星河，如何优中选优，精中选精，通过一定篇什的背诵，以达预期之理想，倒是一件颇费斟酌的事：精选短小篇什，精则精矣，诗思难免受到限制；精选大篇，龙腾虎踯，波澜壮阔，大则大矣，又少了几分精妙入微；倘分几个主题分门类选，主题固然分明了，但削足适履之中，唐诗的万千气象又被删汰；倘精选某一诗派，又可能带来审美上的某些偏执。

唐诗既出，选家蜂起。倘从唐人选唐诗算起，迄今有名的选本已达数百。但其中影响最大，最为读者所熟知的，恐怕要推蘅塘退士所编《唐诗三百首》了。该本因便于背诵而深受读者喜爱，但也留下种种遗憾。诚如许多研究者所言，它的选材，是以沈德潜《唐诗别裁》为蓝本的，而沈氏论诗，崇尚"委折深婉，曲道人情"，"气味浑成"，蘅塘退士也就受到沈氏影响。因此，有些脍炙人口的作品，没有被选入；有些作品，对思想性重视得不够；有些篇目，则带上了旧时代的特点，等等。再则，该本分类分体，意在为学诗者提供一个体式上的范本，唐诗发展的万千气象反倒有些模糊不清，而今之学子，已不像旧时代那样，把"课诗"作为学习的第一要义了。

时代在发展，人们的审美眼光审美趣味有了很大变化，社会对人的基本素质要求也有所不同，在日新月异的社会发展面前，《唐诗三百首》这类选本的局限性已日渐显露。

本编按《中华古诗文经典诵读丛书》之宗旨，着重于名家名篇。所选篇目也不像《唐诗三百首》那样分类分体，而是按时代先后顺序排列下来。考虑读者接受上的方便，并没有完全拘于时序，而是依据流派、风格、内容，在先后顺序上作了一些调整。

诵读之功，首先是"背"。背下来之后则是"悟"。"悟"可以细心体会某一作品的思想、意境、风格特点，也可以知人论世，从作者、时代背景等方面去感受更多更广更深的内容。因此，本编除精选篇目、间录前人评语外，还加附了诗人小传、唐诗发展概略，以适应读者多方面的需要。

本书编次，利用了前人和今贤的研究成果，谨在此注明并致谢忱。至于本书疏忽不当之处，敬祈读者批评指正。

目　　录

王　建

元　稹

白居易

柳宗元

刘禹锡

◉王　勃(650—676)

“初唐四杰”之一。字子安，绛州龙门(今山西河津)人。少聪慧，有“神童”之誉。曾为沛王府修撰，后任虢州参军，因罪革职。上元三年(676)南下探亲，渡海溺水惊悸而死。有《王子安集》。

初唐诗坛，弥漫着齐梁余风。诗歌的内容往往是吟风弄月或者写男女之间的轻薄艳情，空虚而贫乏。形式上则片面讲究词藻、对偶、声律，风格柔靡不振。王勃有意识地改革这种诗风，追求朴实真挚的风格，展示了初唐诗歌革新的初步成绩。郑振铎谈到王勃对唐诗的贡献，曾满怀激情地说：“正如太阳神万千缕的光芒还未走在东方之前，东方是先已布满了黎明女神的玫瑰色的曙光了。”

sòng dù shào fǔ zhī rèn shǔ zhōu

送杜少府之任蜀州

chéng què fǔ sān qín　fēng yān wàng wǔ jīn

城阙辅三秦，风烟望五津[①]。

yǔ jūn lí bié yì　tóng shì huàn yóu rén

与君离别意，同是宦游人[②]。

hǎi nèi cún zhī jǐ　tiān yá ruò bǐ lín

海内存知己，天涯若比邻。

---

① 此诗为作者在京都做官时送友人赴任四川而作。少府：唐人对县尉的通称。杜少府：名字及生平事迹不详。城阙：长安。三秦：长安周围。五津：长江在四川境内的五个渡口，这里指代四川。

② 意谓我之入京，君之入蜀，都是为了做官(宦游)，彼此都是去乡别友。

wú wéi zài qí lù ér nǚ gòngzhān jīn
无为在歧路，儿女共沾巾。

【评介】

这是千古传诵的名篇。全诗意境阔大，视野广袤，语言质朴，“赠别不作悲酸语，魄力自异”(《唐诗三百首》陈婉俊补注)，“终篇不着景物而气骨苍然”(李攀龙辑、凌宏景集评《唐诗广选》)。

◉杨　炯 (650—692)

“初唐四杰”之一。华阴(今属陕西)人。少聪慧，十一岁举神童，授校书郎。后出为盈川令，世称杨盈川。以写边塞征战诗著称。多为五律。格调豪迈，境界开阔。有《盈川集》。

cóng jūn xíng
从军行①

fēng huǒ zhào xī jīng xīn zhōng zì bù píng
烽火照西京，心中自不平。

① 从军行：乐府旧题，多写边塞军旅之事，杨炯此作用其本意。唐高宗永隆年间，诗人在朝廷任文职，当时北方常有异族入侵。此诗大约写于此时，表达了作者投笔从戎、卫戍边疆的愿望。

yá zhāng cí fèng què　　tiě jì rào lóngchéng
牙璋辞凤阙，铁骑绕龙城。
xuě àn diāo qí huà　　fēng duō zá gǔ shēng
雪暗凋旗画，风多杂鼓声。
nìng wéi bǎi fū zhǎng　　shèng zuò yì shū shēng
宁为百夫长，胜作一书生①。

【评介】

此诗笔力雄健，境界开阔，风骨遒劲，短短四十个字，描写了一位士子投笔从戎的全过程，既揭示出人物的心理活动，又渲染了环境气氛。

◉骆宾王（约640—684）

“初唐四杰”之一。婺州义乌（今属浙江）人。少聪慧，七岁能诗。仕途比较曲折，曾做过长安主簿等小官，屡被贬谪。高宗调露二年（680）出任临海县丞，世称骆临海。光宅元年（684），徐敬业起兵反武则天，骆宾王写了著名的《讨武曌檄》，兵败后不知所终。骆宾王之诗，整练缜密，精工谐亮，以七言歌行体见长，有《骆临海集》。

① 铁骑：精强勇猛的骑兵。龙城：匈奴祭祀天地鬼神和祖先的地方，这里借指敌要地。凋旗画：纷飞的大雪飘落在军旗上，使其图案黯然失色。百夫长：军队中的低级军官。

在狱咏蝉

zài yù yǒngchán

xī lù chánshēngchàng nánguàn kè sì qīn
西陆蝉声唱，南冠客思侵[①]。
nǎ kān xuán bìn yǐng lái duì bái tóu yín
那堪玄鬓影，来对白头吟[②]。
lù zhòng fēi nán jìn fēng duō xiǎng yì chén
露重飞难进，风多响易沉。
wú rén xìn gāo jié shuí wèi biǎo yú xīn
无人信高洁，谁为表予心[③]。

【评介】

咏物诗中的杰作，唐高宗仪凤三年(678)，骆宾王因上书议论政事，得罪武后，被诬下狱，在狱中写了此诗。作者以蝉起兴，借蝉自况，无一字不是在说蝉，无一字又不是在说自己。此诗感情充沛，取譬明切，用典自然，语出双关，“露重”“风多”，寄托遥深，“可称绝唱”(《唐诗选脉会通评林》)。

---

① 西陆：指秋天。南冠：囚犯代称，典出《左传·成公九年》。作者是南方人，又正在坐牢，所以以南冠自称。客思：客中思乡的情绪。

② 玄鬓：指蝉。古代妇女鬓发梳得如蝉翼，故称蝉鬓；鬓发黑色，故又称玄鬓。白头：指自己。汉乐府《杂曲歌辞·古歌》：“座中何人，谁不怀忧？令我白头。”作者忧心重重，自称“白头”，并不是以老人自居(时作者不足四十岁)。

③ 古人认为蝉“只饮露而不食”，把它当作清高的象征。

◉卢照邻（637？—680？）

“初唐四杰”之一。字升之，幽州范阳(今河北涿县人)。少聪慧，二十岁即为邓王府典签，极受邓王爱重。高宗乾封(666—668)初出为益州新都尉，秩满寓居洛阳。后染恶疾，卧病十余年，终不堪病痛折磨自沉颍水而死。自号幽忧子。其诗以七言歌行体擅长，高华朗畅，任笔写来，不拘属对，《长安古意》尤为著名。今存《卢升之集》、《幽忧子集》，均为七卷。

cháng ān gǔ yì
长安古意

cháng ān dà dào lián xiá xié　qīng niú bái mǎ qī xiāng chē
长安大道连狭斜，青牛白马七香车。
yù niǎn zòng héng guò zhǔ dì　jīn biān luò yì xiàng hóu jiā
玉辇纵横过主第，金鞭络绎向侯家。
lóng xián bǎo gài chéng zhāo rì　fèng tǔ liú sū dài wǎn xiá
龙衔宝盖承朝日，凤吐流苏带晚霞。
bǎi chǐ yóu sī zhēng rào shù　yì qún jiāo niǎo gòng tí huā
百尺游丝争绕树，一群娇鸟共啼花。
yóu fēng xì dié qiān mén cè　bì shù yín tái wàn zhǒng sè
游蜂戏蝶千门侧，碧树银台万种色。
fù dào jiāo chuāng zuò hé huān　shuāng què lián méng chuí fèng yì
复道交窗作合欢，双阙连甍垂凤翼。
liáng jiā huà gé zhōng tiān qǐ　hàn dì jīn jīng yún wài zhí
梁家画阁中天起，汉帝金茎云外直。
lóu qián xiāng wàng bù xiāng zhī　mò shàng xiāng féng jù xiāng shí
楼前相望不相知，陌上相逢讵相识？

jiè wèn chuī xiāo xiàng zǐ yān　　céng jīng xué wǔ dù fāng nián
借问吹箫向紫烟，　曾经学舞度芳年。

dé chéng bǐ mù hé cí sǐ　　yuàn zuò yuān yāng bú xiàn xiān
得成比目何辞死，　愿作鸳鸯不羡仙。

bǐ mù yuān yāng zhēn kě xiàn　　shuāng qù shuāng lái jūn bú jiàn
比目鸳鸯真可羡，　双去双来君不见？

shēng zēng zhàng é xiù gū luán　　hào qǔ mén lián tiē shuāng yàn
生憎帐额绣孤鸾，　好取门帘帖双燕。

shuāng yàn shuāng fēi rào huà liáng　　luó wéi cuì bèi yù jīn xiāng
双燕双飞绕画梁，　罗帷翠被郁金香。

piàn piàn xíng yún zhuó chán yì　　xiān xiān chū yuè shàng yā huáng
片片行云着蝉翼，　纤纤初月上鸦黄。

yā huáng fěn bái chē zhōng chū　　hán jiāo hán tài qíng fēi yī
鸦黄粉白车中出，　含娇含态情非一。

yāo tóng bǎo mǎ tiě lián qián　　chāng fù pán lóng jīn qū xī
妖童宝马铁连钱，　娼妇盘龙金屈膝。

yù shǐ fǔ zhōng wū yè tí　　tíng wèi mén qián què yù qī
御史府中乌夜啼，　廷尉门前雀欲栖。

yǐn yǐn zhū chéng lín yù dào　　yáo yáo cuì xiǎn mò jīn dī
隐隐朱城临玉道，　遥遥翠幰没金堤。

xié dàn fēi yīng dù líng běi　　tàn wán jiè kè wèi qiáo xī
挟弹飞鹰杜陵北，　探丸借客渭桥西。

jù yāo xiá kè fú róng jiàn　　gòng sù chāng jiā táo lǐ xī
俱邀侠客芙蓉剑，　共宿娼家桃李蹊。

chāng jiā rì mù zǐ luó qún　　qīng gē yí zhuàn kǒu fēn yūn
娼家日暮紫罗裙，　清歌一啭口氛氲。

běi táng yè yè rén rú yuè　　nán mò zhāo zhāo jì sì yún
北堂夜夜人如月，　南陌朝朝骑似云。

nán mò běi táng lián běi lǐ　　wǔ jù sān tiáo kòng sān shì
南陌北堂连北里，　五剧三条控三市。
ruò liǔ qīnghuái fú dì chuí　　jiā qì hóngchén àn tiān qǐ
弱柳青槐拂地垂，　佳气红尘暗天起。
hàn dài jīn wú qiān jì lái　　fěi cuì tú sū yīng wǔ bēi
汉代金吾千骑来[①]，　翡翠屠苏鹦鹉杯。
luó rú bǎo dài wéi jūn jiě　　yān gē zhào wǔ wéi jūn kāi
罗襦宝带为君解，　燕歌赵舞为君开。
bié yǒu háo huá chēngjiàngxiàng　　zhuǎn rì huí tiān bù xiāngràng
别有豪华称将相，　转日回天不相让。
yì qì yóu lái pái guàn fū　　zhuānquán pàn bù róng xiāo xiàng
意气由来排灌夫，　专权判不容萧相[②]。
zhuānquán yì qì běn háo xióng　　qīng qiú zǐ yàn zuò chūnfēng
专权意气本豪雄，　青虬紫燕坐春风。
zì yán gē wǔ chángqiān zǎi　　zì wèi jiāo shē líng wǔ gōng
自言歌舞长千载，　自谓骄奢凌五公。
jié wù fēngguāng bù xiāng dài　　sāng tián bì hǎi xū yú gǎi
节物风光不相待，　桑田碧海须臾改。
xī shí jīn jiē bái yù táng　　jí jīn wéi jiàn qīngsōng zài
昔时金阶白玉堂，　即今惟见青松在。
jì jì liáo liáo yáng zǐ jū　　niánnián suì suì yì chuáng shū
寂寂寥寥扬子居[③]，　年年岁岁一床书。
dú yǒu nán shān guì huā fā　　fēi lái fēi qù xí rén jū
独有南山桂花发，　飞来飞去袭人裾。

---

① 金吾：即执金吾，官名。这里泛指禁军的军官们。
② 灌夫：汉武帝时一位勇猛任侠、好使酒骂座的将军。萧相：指萧望之，一说指萧何。
③ 扬子：指扬雄，曾闭门著书。

【评介】

“古意”实抒今情：从“长安大道连狭斜”到“娼妇盘龙金屈膝”，作者汪洋恣肆铺陈了长安豪门贵族争竞豪奢的生活；从“御史府中乌夜啼”到“燕歌赵舞为君开”，主要以市井娼家为中心描写了形形色色人物的夜生活；从“别有豪华称将相”至“即今惟见青松在”，写长安上层社会的互相倾轧；末四句，诗人以穷愁著书的扬雄自况，份量上，与上面铺写似不对称，但对比效果尤著。诗人在迥然不同的生活情趣中寄寓了对骄奢庸俗生活的批判，且带不遇于时的愤慨寂寥和自我宽解。以四句对六十四句，有“秤锤虽小压千斤”之力。

此诗感情充沛，力量雄厚。四句一换场景或一转意，意换辞联，一气到底而缠绵往复。明胡应麟《诗薮》内编卷三评：“抑扬起伏，悉谐宫商；开合转换，咸中肯綮”，“七言长体，极于此矣！”

◉陈子昂（661—702）

初唐诗文改革的代表，字伯玉。梓州射洪（今四川射洪县）人。二十四岁举进士，二十六岁、三十六岁曾两度从军边塞，三十八岁辞官还乡，被武三思的党羽诬陷迫害死于狱中。有《陈拾遗集》。陈子昂是唐诗发展过程中关键性的人物，有人将他比作大泽乡振臂一呼为群雄开路的先驱。他有意识地扫除六朝以来绮靡之风，要求诗歌有“兴寄”、“风骨”，能反映社会现实，抒发真实的感情，建立明朗刚健的风格。他不但有理论，而且用创作实践体现了自己的理论主张。他的文学主张和创作在唐代产生了很大影响，李白、杜甫、白居易、元稹、韩愈等大诗人都非常推崇他，韩愈有诗道："国朝盛文章，子昂始高蹈。"

gǎn yù lán rò shēngchūn xià

感遇（兰若生春夏）

lán ruò shēngchūn xià qiān wèi hé jīng jīng
兰若生春夏，芊蔚何青青。
yōu dú kōng lín sè zhū ruí mào zǐ jīng
幽独空林色，朱蕤冒紫茎①。
chí chí bái rì wǎn niǎoniǎo qiū fēngshēng
迟迟白日晚，袅袅秋风生。
suì huá jìn yáo luò fāng yì jìng hé chéng
岁华尽摇落，芳意竟何成！

【评介】

《感遇》共三十八首，此为其二。此诗寄慨遥深，寓意凄婉，诗人以兰若自比，前四句，着力赞美兰若压倒群芳的秀丽，实则以"幽独空林色"比喻自己出众的才华。后四句以"白日晚"、"秋风生"写寒光威迫，芳华逝去，充满美人迟暮之感。

① 芊蔚：花叶郁茂状。青青：即"菁菁"，繁盛貌。"幽独"句：意谓兰若生长于丛林之中，其秀色压倒群芳。"朱蕤"句：意谓红花开放在紫茎上。

登幽州台歌

dēng yōu zhōu tái gē

qián bú jiàn gǔ rén　　hòu bú jiàn lái zhě
前不见古人，　后不见来者。
niàn tiān dì zhī yōu yōu　　dú chuàng rán ér tì xià
念天地之悠悠，独怆然而涕下[1]！

【评介】

公认的千古杰作。此诗意境极阔大，在辽阔无垠的时空背景上是诗人独立高楼，慷慨悲歌的形象。作者既慨叹宇宙之无穷和生命之短暂，又流露出一种壮志难酬的孤独寂寞。诗中没有用一个字去描绘具体的景物，但沉着的笔力，开阔的境界，雄浑的格调，却激发读者的想象，读此诗，使人仿佛立身于历史潮流之中，看到了无边无际的天宇和苍茫辽阔的原野，听到了震撼人心的慷慨悲歌。古人激赏道："胸中自有万古，眼底更无一人，古今诗人多矣，从未有道及此者。此二十二字，真可泣鬼。"(黄周星《唐诗快》)

---

① 据卢藏用《陈氏别传》载：武则天通天元年(696)，子昂随建安王武攸宜东征契丹，任参谋，曾多次进奇计，不见采纳反遭贬职，愤慨之余，登蓟北楼(即幽州台，故址在今北京市西南)，感今怀古，泫然流涕。古人：燕昭王一类的人。幽州古属燕国。

◉杜审言（645—708）

初唐诗人，字必简，洛州巩县（今河南巩县）人。杜甫的祖父，“近体诗”重要奠定者。早年与李峤、崔融、苏味道齐名，合称“文章四友”。今存《杜审言诗集》一卷，共四十余首，多描写山川景物，抒发羁旅情怀之作。他的五律达到完全成熟的境界，人称其“句律极严，无一失粘者”。

hè jìn líng lù chéng zǎo chūn yóu wàng

和晋陵陆丞早春游望

dú yǒu huàn yóu rén piān jīng wù hòu xīn
独有宦游人，偏惊物候新。
yún xiá chū hǎi shǔ méi liǔ dù jiāngchūn
云霞出海曙，梅柳渡江春。
shū qì cuī huángniǎo qíngguāngzhuǎn lǜ píng
淑气催黄鸟，晴光转绿蘋。
hū wén gē gǔ diào guī sī yù zhan jın
忽闻歌古调，归思欲沾巾[①]。

【评介】

此诗起句“惊矫不群”：因“宦游”，对时令物象的变化有着特别的敏感，一个“独”字，为后面“怀乡”埋下伏笔；中间两联，是对“物候新”的具体展开，“云霞”二句有如“精金美玉”（陆时雍《唐诗镜》）。春景虽好，乡思难却，“忽闻古调”，顿起归思，诗

① 淑气：温和的春气。古调：指陆丞的诗，称许其格调近于古人。

人由赏心悦目的游望转入对家乡的思念，正是依赖“忽闻”二字。所以古人称道“此诗起、结老成警洁。”

◉宋之问（？—712）

初唐诗人，近体诗重要奠定者。一名少连，字延清，曾历任泷州参军、尚方监丞、左奉宸内供奉。初因谄事权臣被贬，后又因贪贿被赐死。明人辑有《宋之问集》二卷。宋之问的诗以属对精密、音韵和谐而与沈佺期齐名，世称“沈宋”。其诗表现了很高的文字技巧。古人认为：“律诗始于初唐，至沈宋而其格始备。”

tí dà yǔ lǐng běi yì
题大庾岭北驿[①]

yáng yuè nán fēi yàn chuán wén zhì cǐ huí
阳月南飞雁，传闻至此回。
wǒ xíng shū wèi yǐ hé rì fù guī lái
我行殊未已，何日复归来。
jiāng jìng cháo chū luò lín hūn zhàng bù kāi
江静潮初落，林昏瘴不开。
míng zhāo wàng xiāng chù yīng jiàn lǒng tóu méi
明朝望乡处，应见陇头梅。

【评介】

此诗系作者被流放岭南途中所作，把诗人忧伤、哀怨、思念、

① 大庾岭：在今江西省大庾县境。古人认为大庾岭是南北分界线，十月北雁南归，至此不再过岭。

向往等痛苦复杂的心情表现得含蓄委婉、深切动人。起句以传闻起兴。接下来，由雁及人转入抒情：北雁南归，至此而回，我却要去瘴疠荒远之地。人雁相形，沉郁幽怨，人不如雁的感叹深蕴其中。五六句转入眼前之景，孤寂荒凉的环境衬托出悲苦无奈的心情。

dù hànjiāng

渡汉江①

lǐng wài yīn shū duàn jīngdōng fù lì chūn
岭外音书断，经冬复历春。
jìn xiāngqínggèng qiè bù gǎn wèn lái rén
近乡情更怯，不敢问来人。

【评介】

此诗表现了一种反常的心理：由“情更切”变成了“情更怯”，由“急欲问”变成了“不敢问”。透过“情更怯”与“不敢问”，可以感触到诗人急切的愿望以及由此造成的痛苦。宋之被贬，罪有应得，但这首诗却极易引起读者共鸣。其重要原因之一，是作者在表达思想感情时，舍去一切与自己特殊经历、特殊身份有关的生活素材，表现的仅仅是一个长期客居异乡、久无家中音信的人在行近家乡时所产生的一种特殊心理。

◉沈佺期（656—713）

---

① 宋被贬泷州（今广东罗定）后逃归，由襄阳渡汉水向家乡进发，此诗大约写于此时。

初唐诗人，字云卿，近体诗重要奠定者。曾历任考功员外郎、给事中等职，其间曾因贪赃入狱，复因依附权臣被流放。有《沈佺期集》。其诗与宋之问齐名，世称“沈宋”。沈佺期是七律的始创者，人称“初唐七律之冠”。

杂诗(闻道黄龙戍)[1]

（zá shī wén dào huáng lóng shù）

wén dào huáng lóng shù pín nián bù jiě bīng
闻道黄龙戍[2]，频年不解兵。
kě lián guī lǐ yuè cháng zài hàn jiā yíng
可怜闺里月，长在汉家营。
shào fù jīn chūn yì liáng rén zuó yè qíng
少妇今春意，良人昨夜情。
shuí néng jiāng qí gǔ yí wèi qǔ lóng chéng
谁能将旗鼓，一为取龙城。

【评介】

此为沈传世名作之一。首联交代背景，强烈的怨战之情溢于字里行间。颔联字字写月、笔笔见人，通过暗寓的对比性的画面，不露声色地写出思妇与征夫相互思念的绵邈深情。颈联“少妇”与“良人”，“今春”与“昨夜”互文对举，进一步补足诗意。末联写出离人共同心愿，含不尽之意。

---

① 黄龙戍：唐时东北要塞，今在辽宁开原县西北。
② 本题共三首，均写闺中怨情，此为第三。

独不见[1]

dú bú jiàn

lú jiā shào fù yù jīn táng　hǎi yàn shuāng qī dài mào liáng
卢家少妇郁金堂，海燕双栖玳瑁梁。
jiǔ yuè hán zhēn cuī mù yè　shí nián zhēng shù yì liáo yáng
九月寒砧催木叶，十年征戍忆辽阳。
bái láng hé běi yīn shū duàn　dān fèng chéng nán qiū yè cháng
白狼河北音书断，丹凤城南秋夜长[2]。
shuí wèi hán chóu dú bú jiàn　gèng jiào míng yuè zhào liú huáng
谁谓含愁独不见，更教明月照流黄。

【评介】

这是唐较早成熟的七律，虽还带齐梁乐府的风韵，但旖旎而不失高古，华采而能浑厚，有人推它为唐代七律的"压卷之作"（见《升庵诗话》《艺苑卮言》）。

---

① 独不见：乐府旧题。诗题一作《古意呈补阙乔知之》，古意含拟古的意思。

② 卢家妇：少妇代称。郁金堂：言堂中燃烧郁金之香。白狼河：今辽宁省大凌河。"白狼"句承"十年征戍"句写征夫所在之地。丹凤城：指长安，唐时长安宫阙有丹凤门。"丹凤"句承"九月寒砧"句写思妇所在地。

◉张若虚（约660—约720）

初唐诗人。扬州(今属江苏)人。曾任兖州兵曹。文学上与贺知章齐名,《全唐诗》仅存诗二首。其《春江花月夜》是千古传诵的名篇，张由此而“孤篇横绝，竟为大家”。

chūnjiāng huā yuè yè

春江花月夜[①]

chūnjiāngcháoshuǐ lián hǎi píng　hǎi shàngmíng yuè gòngcháoshēng
春江潮水连海平，海上明月共潮生。
yàn yàn suí bō qiānwàn lǐ　hé chù chūnjiāng wú yuè míng
滟滟随波千万里，何处春江无月明。
jiāng liú wǎnzhuǎn rào fāngdiàn　yuè zhào huā lín jiē sì xiàn
江流宛转绕芳甸[②]，月照花林皆似霰[③]。
kōng lǐ liú shuāng bù jué fēi　tīng shàng bái shā kàn bú jiàn
空里流霜不觉飞，汀上白沙看不见。
jiāngtiān yí sè wú xiānchén　jiǎo jiǎo kōngzhōng gū yuè lún
江天一色无纤尘，皎皎空中孤月轮。
jiāngpàn hé rén chū jiàn yuè　jiāng yuè hé nián chū zhào rén
江畔何人初见月？江月何年初照人？
rén shēng dài dài wú qióng yǐ　jiāng yuè niánnián zhǐ xiāng sì
人生代代无穷已，江月年年只相似。

---

① 春江花月夜：原为乐府旧题，据传创自陈后主，主要表现宫廷艳情。本诗突破宫体诗妍冶琐细的境界，极写春江月夜迷蒙美景和游子思妇之情，并杂以种种人生感慨，和旧时供宫廷娱乐的歌曲不同。

② 甸：郊外。芳甸：开满鲜花的原野。

③ 全句形容花朵在月色下显得很皎洁。霰：小冰珠，俗称雪子。

bù zhī jiāng yuè dài hé rén dàn jiàn cháng jiāng sòng liú shuǐ
不知江月待何人，但见长江送流水。
bái yún yí piàn qù yōu yōu qīng fēng pǔ shàng bú shèng chóu
白云一片去悠悠，青枫浦上不胜愁[1]。
shuí jiā jīn yè piān zhōu zǐ hé chù xiāng sī míng yuè lóu
谁家今夜扁舟子[2]？何处相思明月楼？
kě lián lóu shàng yuè pái huái yīng zhào lí rén zhuāng jìng tái
可怜楼上月徘徊，应照离人妆镜台。
yù hù lián zhōng juǎn bú qù dǎo yī zhēn shàng fú huán lái
玉户帘中卷不去，捣衣砧上拂还来。
cǐ shí xiāng wàng bù xiāng wén yuàn zhú yuè huá liú zhào jūn
此时相望不相闻，愿逐月华流照君。
hóng yàn cháng fēi guāng bú dù yú lóng qián yuè shuǐ chéng wén
鸿雁长飞光不度，鱼龙潜跃水成文[3]。
zuó yè xián tán mèng luò huā kě lián chūn bàn bù huán jiā
昨夜闲潭梦落花，可怜春半不还家。
jiāng shuǐ liú chūn qù yù jìn jiāng tán luò yuè fù xī xié
江水流春去欲尽，江潭落月复西斜。
xié yuè chén chén cáng hǎi wù jié shí xiāo xiāng wú xiàn lù
斜月沉沉藏海雾，碣石潇湘无限路[4]。
bù zhī chéng yuè jǐ rén guī luò yuè yáo qíng mǎn jiāng shù
不知乘月几人归，落月摇情满江树[5]。

---

① 青枫浦：又名双枫浦、南浦，在今湖南浏阳浏水中。这里泛指游子所在之地。

② 扁舟子：指飘泊江湖的游子。扁舟：小船。

③ 此处暗用鸿雁传书、鲤鱼传书的典故。

④ 此处用碣石、潇湘泛指相隔天南地北。

⑤ 意谓落月摇荡着人的离情别绪，随月光一起洒满枝头。

【评介】

《春江花月夜》是广为流传的名篇，闻一多称它“是诗中的诗，顶峰上的顶峰”，“有的是强烈的宇宙意识”(《唐诗杂论·宫体诗的自赎》)。它美轮美奂，“将春江花月夜五字炼成一片奇光”，“字字写得有情，有想，有致”(《唐诗归》)。

诗人是从极其荒远的年代写起的：“江畔何人初见月？江月何年初照人?”一下子把读者的思绪推到洪荒时代，推到遥远的始祖，这大约就是“强烈的宇宙意识”。诗人由一般的人，逐渐落实到具体的人；由一般的人生感叹，落实到一段具体的哀怨愁思；从月出写到月落，写了月下的江流、月色、白云、青枫、扁舟、高楼。月落，离愁别恨惆怅哲思却没有沉落。它脱胎于宫体诗，其境界、视野、情怀、哲思却远非宫体诗可比了。

◉贺知章(659—744)

初、盛唐之际诗人，字季真，自号“四明狂客”。越州永兴(今浙江萧山)人。少聪慧，以诗文知名乡里，武则天时举进士。《全唐诗》存其诗一卷，其七言绝句《咏柳》、《回乡偶书》清新委婉，情韵悠扬，是脍炙人口的名篇。

yǒng liǔ

咏柳

bì yù zhuāngchéng yí shù gāo wàn tiáo chuí xià lǜ sī tāo
碧玉妆成一树高，万条垂下绿丝绦。
bù zhī xì yè shuí cái chū èr yuè chūnfēng sì jiǎn dāo
不知细叶谁裁出？二月春风似剪刀。

【评介】

此诗构思新奇，黄周星《唐诗快》评："尖巧语，却非由雕琢而得。"

huí xiāng ǒu shū

回乡偶书

shàoxiǎo lí jiā lǎo dà huí xiāng yīn wú gǎi bìn máo cuī
少小离家老大回，乡音无改鬓毛衰。
ér tóngxiāng jiàn bù xiāng shí xiào wèn kè cóng hé chù lái
儿童相见不相识，笑问客从何处来。

【评介】

构思新颖，一二句看似平平，三四句峰回路转，一片化境，发自心底。

◉张九龄（678—740）

盛唐前期承前启后的诗人，字子寿，有《曲江集》。其《感遇诗》十二首、《杂诗》五首，注重比兴、讽喻，上承陈子昂《感遇诗》三十八首，下启李白《古风》五十九首。其写景抒怀诗和雅清淡，开王、孟、储、韦一派。

gǎn yù lán yè chūn wēi ruí

感遇（兰叶春葳蕤）

lán yè chūn wēi ruí guì huá qiū jiǎo jié
兰叶春葳蕤，桂华秋皎洁。
xīn xīn cǐ shēng yì zì ěr wéi jiā jié
欣欣此生意，自尔为佳节。
shuí zhī lín qī zhě wén fēng zuò xiāng yuè
谁知林栖者，闻风坐相悦。
cǎo mù yǒu běn xīn hé qiú měi rén zhé
草木有本心，何求美人折。

【评介】

以兰叶起兴，通过大自然草木各因时令繁茂生长，并不为取悦人，寓示自己不求名利与虚荣的志趣，更不希望别人来摧折他的“本心”。

gǎn yù jiāng nán yǒu dān jú
感遇(江南有丹桔)

jiāng nán yǒu dān jú jīng dōng yóu lù lín
江南有丹桔，经冬犹绿林。
qǐ yī dì qì nuǎn zì yǒu suì hán xīn
岂伊地气暖，自有岁寒心。
kě yǐ jiàn jiā kè nài hé zǔ chóngshēn
可以荐嘉客，奈何阻重深。
yùn mìng wéi suǒ yù xún huán bù kě xún
运命唯所遇，循环不可寻。
tú yán shù táo lǐ cǐ mù qǐ wú yīn
徒言树桃李，此木岂无阴？

【评介】

以桔起兴，通过写桔树品格高尚，但因山川阻隔得不到应有的重视，寄寓自己的身世之感。

wàng yuè huáiyuǎn
望月怀远

hǎi shàngshēngmíng yuè tiān yá gòng cǐ shí
海上生明月，天涯共此时。
qíng rén yuàn yáo yè jìng xī qǐ xiāng sī
情人怨遥夜，竟夕起相思。
miè zhú lián guāngmǎn pī yī jué lù zī
灭烛怜光满，披衣觉露滋。

bù kān yíngshǒuzèng　　huán qǐn mèng jiā qī
不堪盈手赠，　还寝梦佳期。

【评介】

“海上生明月”，是千古名句，看似脱口而出，却有一种高华浑融的气象。

◉孟浩然（689—740）

著名山水诗人。襄州襄阳（今湖北襄樊）人。前半生主要在家乡读书，并一度隐居鹿门山。四十岁游长安，应进士举不第，后漫游吴越，极山水之娱。现存《孟浩然集》。其诗以描绘山水田园著称，与王维齐名，世称“王孟”。作品多为五言短篇，“五言诗天下称其尽美”。其诗有陶渊明之风，朴实疏淡，不事雕饰，“语淡而味终不薄”，在当时和后世都有很大影响。杜甫曾称：“赋诗何必多，往往凌鲍谢”（《遣兴五首》之五）。又称：“清诗句句尽堪传”（《解闷十二首》之六）。孟浩然的作品，标志经初唐四杰、沈宋和陈子昂等人的努力，唐诗已达到成熟境地，形成了盛唐诗歌浑融完整的艺术风格。再往前发展，就是李白、王维、杜甫那种在浑融完整的前提下既有华采又有深刻意境乃至宏伟气魄的诗篇了。

xià rì nán tíng huái xīn dà

夏日南亭怀辛大

shān guāng hū xī luò, chí yuè jiàn dōng shàng

山光忽西落，池月渐东上。

sàn fà chéng xī liáng, kāi xuān wò xián chǎng

散发乘夕凉，开轩卧闲敞。

hé fēng sòng xiāng qì, zhú lù dī qīng xiǎng

荷风送香气，竹露滴清响。

yù qǔ míng qín tán, hèn wú zhī yīn shǎng

欲取鸣琴弹，恨无知音赏。

gǎn cǐ huái gù rén, zhōng xiāo láo mèng xiǎng

感此怀故人，中宵劳梦想。

【评介】

孟传世名篇，开头二句，“忽”、“渐”二字，将日、月的交替，白天与黑夜的承接，写得十分传神。三四两句，以“散发”、“卧闲敞”，写尽隐者闲适、潇洒之态。“荷风”一联，是备受称赏的写景名句，沈德潜《唐诗别裁集》评曰：“荷风、竹露，佳景亦佳句也。”《网师园唐诗笺》则称：“荷风、竹露，亦凡写夏景者所当有，妙在‘送’字、‘滴’字。”二字之妙，在于以动衬静，以显心境更静。清风明月，良辰美景，正该鸣琴助兴，也可慰藉心中难免的寂寥之感，却无人欣赏，于是极其自然地转入“幽情”。《王孟诗评》评此诗：“清景幽情，洒洒楮墨间。”

夜归鹿门山歌

yè guī lù ménshān gē

shān sì míngzhōngzhòu yǐ hūn　yú liáng dù tóu zhēng dù xuān
山寺鸣钟昼已昏，渔梁渡头争渡喧。
rén suí shā àn xiàngjiāng cūn　yú yì chéngzhōu guī lù mén
人随沙岸向江村，余亦乘舟归鹿门。
lù mén yuè zhào kāi yān shù　hū dào pánggōng qī yǐn chù
鹿门月照开烟树，忽到庞公栖隐处。
yán fēi sōngjìng cháng jì liáo　wéi yǒu yōu rén dú lái qù
岩扉松径长寂寥，唯有幽人独来去。

【评介】

此诗空灵疏淡，舒徐自如，备受古人称赏，如《唐诗解》：“此篇不加斧凿，字字超凡。”《汇编唐诗十集》：“浅浅说去，自然不同，此老胸中有泉石。”《唐贤清雅集》：“幽秀至此，直是诗中精灵。”

诗中清幽之境，先从喧噪切入，而情境的转换，却在“余亦乘舟归鹿门”句中。依钟惺之说，“幽细之调，得此一转有力”(《唐诗归》)。正是从此句之后，格调与意境皆转入幽细虚寂。韵脚的转换，恰巧与此相协调。特别是结尾的“唯有幽人独来去”，有如“缥缈孤鸿”，写尽隐者的高蹈遗世，身心自由。

guò gù rén zhuāng

过故人庄

gù rén jù jī shǔ　　yāo wǒ zhì tián jiā
故人具鸡黍，　邀我至田家。
lǜ shù cūn biān hé　　qīngshān guō wài xié
绿树村边合，　青山郭外斜。
kāi xuānmiànchǎng pǔ　　bǎ jiǔ huà sāng má
开轩面场圃，　把酒话桑麻。
dài dào chóngyáng rì　　hái lái jiù jú huā
待到重阳日，　还来就菊花。

【评介】

这是一首访友诗，首联交代事情的因由，二联描写村前的景象，三联叙述在友人家的所见所闻，四联记依依话别之情。朴实的农家生活，真挚的故人情谊，俱在这娓娓道来之中。艺术上的功力与“火候”，也正在这娓娓道来之中。诗中的“合”、“斜”、“面”、“话”、“就”诸字，皆富表现力。特别是“就”字，新奇、惬当，为古人激赏。另外，诗中所涉及到的事物，如“鸡黍”、“绿树”、“青山”、“场圃”、“桑麻”、“菊花”，皆为田家所常见，满是乡土气、人情味、亲切感。《唐诗摘钞》评：“全首俱以信口道出，笔尖几不着点墨。浅之至而深，淡之至而浓，老之至而媚。火候至此，并烹炼之迹俱化矣。”

wàngdòngtíng hú zèngzhāngchéngxiàng
望洞庭湖赠张丞相

bā yuè hú shuǐpíng　　hán xū hùn tài qīng
八月湖水平，　涵虚混太清。
qì zhēng yún mèng zé　　bō hàn yuè yángchéng
气蒸云梦泽，　波撼岳阳城。
yù jì wú zhōu jí　　duān jū chǐ shèngmíng
欲济无舟楫，　端居耻圣明。
zuò guānchuí diào zhě　　tú yǒu xiàn yú qíng
坐观垂钓者，　徒有羡鱼情。

【评介】

前四句描写洞庭，气势与境界极为阔大壮丽，特别是“气蒸云梦泽，波撼岳阳城”，气概横绝，浑然天成，备受赞赏，王士祯《然灯记闻》称：“蒸字、撼字，何等响，何等确，何等警拔也。”后四句“望人援手，不直露本意，但微以比兴出之，幽婉可法”(《唐诗从绳》)。孟诗描山摹水多平淡闲远之作，此诗却气势宏伟壮丽。诗人以隐者身份名世，此诗却流露出他不甘寂寞的入世之心和出仕之意。

yǔ zhū zǐ dēngxiànshān

与诸子登岘山

rén shì yǒu dài xiè　　wǎng lái chéng gǔ jīn
人事有代谢，往来成古今。
jiāngshān liú shèng jì　　wǒ bèi fù dēng lín
江山留胜迹，我辈复登临。
shuǐ luò yú liángqiǎn　　tiān hán mèng zé shēn
水落鱼梁浅，天寒梦泽深。
yánggōng bēi shàng zài　　dú bà lèi zhān jīn
羊公碑尚在，读罢泪沾襟。

【评介】

这是一首吊古伤今的诗，凭吊的是岘首山的羊公碑。据《晋书·羊祜传》，羊祜镇荆襄时，常去山上饮酒赋诗，曾对同游者慨叹说："自有宇宙，便有此山，由来贤者胜士登此远望如我与卿者多矣，皆湮没无闻，使人伤悲！"羊祜死后，人们为他在岘山立庙树碑，望其碑者莫不为之落泪，杜预因名之"堕泪碑"。孟浩然本来有仕进之心，却以隐沦终了，自伤不能如羊祜那样遗爱人间，与江山同不朽。

sù jiàn dé jiāng

宿建德江

yí zhōu bó yān zhǔ　　rì mù kè chóu xīn
移舟泊烟渚，日暮客愁新。

yě kuàng tiān dī shù　　jiāng qīng yuè jìn rén
野旷天低树，江清月近人。

【评介】

此诗“野旷天低树，江清月近人”两句最为人称道。唐汝询《唐诗解》评：“客愁因景而生，故下联不复言情，而旅思自见。”胡本渊《唐诗近体》评：“下半写景而客愁自见，十字咀味不尽。”

◉王　维（701—761）

著名山水诗人。字摩诘，世称“王右丞”。多才多艺，精通音乐、绘画。因受家庭影响，自幼信奉佛教。以禅悟诗，独得任性自然之诗境，故有“诗佛”之称。王维早年颇富积极进取之心，诗作亦呈现出奋发昂扬的风貌。中年以后，随着政局的恶化，过着亦官亦隐的生活。晚年长斋奉佛。有《王右丞集》。其诗以描写山水田园、抒发淡泊隐逸之情最为擅长，其他题材如离别、纪行、边塞、军旅、爱情等方面也有佳作。在艺术形式方面，最擅长五言律绝，其他形式如七律、七绝、七古等各体皆工。其田园山水诗继承陶渊明、谢灵运二家之长，融诗、画、音乐、理趣于一体，风格清新淡雅，意境幽远。历来备受推崇，许颉《彦周诗话》认为：“自李杜而下，当为第一。”清人徐增《而庵诗话》云：“吾于天才得李太白，于地才得杜子美，于人才得摩诘。太白以气韵胜，子美以格律胜，摩诘以理趣胜。太白千秋逸调，子美一代规模，摩诘精大雄氏之学。”

shǐ zhì sài shàng

使至塞上

dān chē yù wèn biān　shǔ guó guò jū yán
单车欲问边，属国过居延[①]。
zhēng péng chū hàn sài　guī yàn rù hú tiān
征蓬出汉塞，归雁入胡天。
dà mò gū yān zhí　cháng hé luò rì yuán
大漠孤烟直，长河落日圆。
xiāo guān féng hòu jì　dū hù zài yān rán
萧关逢候骑，都护在燕然[②]。

【评介】

这首诗写于开元二十五年(737)，当时王维为监察御史，奉使出塞，宣慰河西节度副大使崔希逸大破吐蕃。诗中表现初至边塞的所见所感。此诗浑厚、凝重、古朴。全篇按顺序平直写来，其“神韵”主要在中间四句，诗人以景写意，流露出苍凉悲壮之感。特别是“大漠”、“长河”一联，被称为“边景如画”、“独绝千古”。

---

① 单车：轻车简从。问边：慰问边塞驻军。属国：即典属国，秦汉时官职名。汉代苏武出使匈奴归国后为典属，故唐人以属国指代使臣，这里是王维自指。居延：汉代所设县名，故址在今甘肃张掖西北，这里泛指边塞。

② 萧关：关塞名，在今宁夏回族自治区固源东南。候：斥候，在前线担任侦察、联络的士兵。候骑：骑马的侦察兵。都护：唐代所设边塞都护府的长官。燕然：山名，即今蒙古国内的杭爱山。东汉车骑将军窦宪大破匈奴，曾在此勒石记功。这里泛指前线。

guān liè
观猎

fēng jìn jiǎo gōng míng　jiāng jūn liè wèi chéng
风劲角弓鸣，将军猎渭城。
cǎo kū yīng yǎn jí　xuě jìn mǎ tí qīng
草枯鹰眼疾，雪尽马蹄轻。
hū guò xīn fēng shì　huán guī xì liǔ yíng
忽过新丰市，还归细柳营[①]。
huí kàn shè diāo chù　qiān lǐ mù yún píng
回看射雕处，千里暮云平。

【评介】

起句“风劲角弓鸣”，雄警峭拔，造成劲健豪壮之势。次句点题。三四句正面写打猎，是千古传诵的名句。第五句写猎罢将军饮酒新丰，显示其豪放。第六句写还归军营，以汉代名将相比拟。末联“回看”二字，“转出前此为目中所见，终不失观猎题面”(《唐诗选脉会通评林》)。“千里暮云平”的结语，“淡而有味”，令人联想到激战之后战场的平静。屈复《唐诗成法》评：此诗题名“观猎”，“通篇不出‘观’字，全得‘观’字之神”。

---

① 角弓：用兽角为装饰的硬弓。渭城：今陕西咸阳，在渭水北岸。新丰市：今陕西新丰，古代产美酒。细柳营：在今陕西长安，汉代名将周亚夫曾驻军于此，故称细柳营。

zhōng nán shān

终南山

tài yǐ jìn tiān dū　　liánshān jiē hǎi yú

太乙近天都，　连山接海隅[①]。

bái yún huí wàng hé　　qīng ǎi rù kàn wú

白云回望合，　青霭入看无。

fēn yě zhōngfēngbiàn　　yīn qíngzhòng hè shū

分野中峰变，　阴晴众壑殊。

yù tóu rén chù sù　　gé shuǐ wèn qiáo fū

欲投人处宿，　隔水问樵夫。

【评介】

首句横空出世，写终南山脉极目难尽。颔联“白云”、“青霭”的描绘，将我们带到遥远的太古。颈联愈加夸张，“一中峰而分野已变，历众壑而阴晴复殊”（顾安《唐律消夏录》），蔚为奇观。尾联以“隔水问樵夫”，显出山峦的辽廓荒远，又有一种古朴的远韵。清人徐增《而庵说唐诗》评：“是诗如在开辟之初，笔有鸿蒙之气，奇观大观也。”此诗大约写于唐玄宗开元、天宝之际，当时王维半官半隐于终南别业。诗中极写终南山的高峻广袤，表现出作者的开阔心胸，与作者的其他山水田园之作风格迥异。

---

① 太乙：又作“太一”，即终南山。天都：帝都，指长安，终南山在长安南。连山：山脉连绵不绝。

过香积寺
guò xiāng jī sì

bù zhī xiāng jī sì　shù lǐ rù yún fēng
不知香积寺，数里入云峰。
gǔ mù wú rén jìng　shēnshān hé chù zhōng
古木无人径，深山何处钟。
quánshēng yè wēi shí　rì sè lěngqīngsōng
泉声咽危石，日色冷青松。
bó mù kōng tán qū　ān chán zhì dú lóng
薄暮空潭曲，安禅制毒龙。

【评介】

起句以“不知”领起，极为超逸。结句吐露情怀，极为自然。全篇没有一个字正面写古寺，更见古寺幽深。

汉江临泛
hàn jiāng lín fàn

chǔ sài sān xiāng jiē　jīng mén jiǔ pài tōng
楚塞三湘接，荆门九派通。
jiāng liú tiān dì wài　shān sè yǒu wú zhōng
江流天地外，山色有无中。
jùn yì fú qián pǔ　bō lán dòngyuǎnkōng
郡邑浮前浦，波澜动远空。
xiāngyáng hǎo fēng rì　liú zuì yǔ shānwēng
襄阳好风日，留醉与山翁。

【评介】

首联写汉江的地理位置，劈头给人壮丽之感。中间四句写江水的浩渺。一路铺张渲染之余，末句突然掉转笔头，“留醉”一句，显出名士本色。《唐诗成法》评：“前六句雄俊阔大，甚难收拾，却以‘好风日’结之，笔力千钧。”“江流天地外，山色有无中”是广受赞赏的名句。

sòng bié
送别

xià mǎ yǐn jūn jiǔ　wèn jūn hé suǒ zhī
下马饮君酒，问君何所之。
jūn yán bù dé yì　guī wò nán shānchuí
君言不得意，归卧南山陲。
dàn qù mò fù wèn　bái yún wú jìn shí
但去莫复问，白云无尽时。

【评介】

这是一首送友人归隐的诗，或说这友人即孟浩然。诗人将人生进退大事，以淡然问答出之。“但去莫复问，白云无尽时”的结语，“淡然片语，悠悠自远”（《唐诗选脉会通评林》周敬评）。

wǎng chuān xián jū zèng péi xiù cái dí

辋川闲居赠裴秀才迪

hán shān zhuǎn cāng cuì　qiū shuǐ rì chán yuán
寒山转苍翠，秋水日潺湲。
yǐ zhàng chái mén wài　lín fēng tīng mù chán
倚杖柴门外，临风听暮蝉。
dù tóu yú luò rì　xū lǐ shàng gū yān
渡头余落日，墟里上孤烟。
fù zhí jiē yú zuì　kuáng gē wǔ liǔ qián
复值接舆醉，狂歌五柳前。

【评介】

传世名篇。写闲居生活的从容潇洒以及对世事的忘情，情景悠然。

wèi chuān tián jiā

渭川田家

xié guāng zhào xū luò　qióng xiàng niú yáng guī
斜光照墟落，穷巷牛羊归[①]。
yě lǎo niàn mù tóng　yǐ zhàng hòu jīng fēi
野老念牧童，倚杖候荆扉。
zhì gòu mài miáo xiù　cán mián sāng yè xī
雉雊麦苗秀，蚕眠桑叶稀。

① 穷巷：深巷。

tián fū hè chú zhì xiāng jiàn yǔ yī yī
田夫荷锄至，相见语依依。
jí cǐ xiàn xián yì chàng rán yín shì wēi
即此羡闲逸，怅然吟《式微》[1]。

【评介】

写暮春傍晚的农村情景，表现出作者对农家生活的歆羡及归隐田园之想。此诗大约写于唐玄宗天宝年间，当时作者在辋川过着亦官亦隐的生活。诗中前八句，野老候门，田夫相语，皆写出田家淳朴之风，“田家情事如绘”(《网师园唐诗笺》)。陶渊明之后，写田家生活如此生动逼真，王维当推第一。不过，陶渊明是要做一个真正的田家，王维要做的是田家中隐士，“真实似靖节，风骨各别，以终带文士气”(张文荪《唐贤清雅集》)。

shān jū qiū míng
山居秋暝

kōng shān xīn yǔ hòu tiān qì wǎn lái qiū
空山新雨后[2]，天气晚来秋。
míng yuè sōng jiān zhào qīng quán shí shàng liú
明月松间照，清泉石上流。
zhú xuān guī huàn nǚ lián dòng xià yú zhōu
竹喧归浣女，莲动下渔舟。

---

① 式微：用《诗经·邶风·式微》典：“式微，式微，胡不归！”这里取其“归”字，表归隐之意。

② 空山：空寂的山林。

suí yì chūnfāng xiē wáng sūn zì kě liú
随意春芳歇，王孙自可留[①]。

【评介】

这是王维山水诗的代表作，描绘山中雨后的清丽夜景。中间四句尤为生动。颔联“明月松间照，清泉石上流”，黄生《唐诗矩》称：“此非复含烟火人所能道者。”颈联先听竹喧，再见浣女，先觉莲动，再见渔舟，被钟惺叹为“细极、静极”。山中如此静美，末联“自可留”的议论便顺理成章了。其中“春芳歇”，与题目及首联的两个“秋”字相照应。

jī yǔ wǎngchuānzhuāng zuò

积雨辋川庄作

jī yǔ kōng lín yān huǒ chí zhēng lí chuī shǔ xiǎngdōng zī
积雨空林烟火迟，蒸藜炊黍饷东菑[②]。
mò mò shuǐ tián fēi bái lù yīn yīn xià mù zhuànhuáng lí
漠漠水田飞白鹭，阴阴夏木啭黄鹂。
shānzhōng xí jìng guānzhāo jǐn sōng xià qīng zhāi zhé lù kuí
山中习静观朝槿，松下清斋折露葵。

---

① “随意”二句：用《楚辞·招隐士》典：“王孙游兮不归，春芊生兮萋萋”、“王孙兮归来，山中兮不可以久留。”原为呼唤隐士出山，这里反用其意。

② 积雨即久雨，辋川庄即辋川别墅，是诗人隐居之所。从内容看，当作于晚年。菑：初垦的田地，这里泛指田地，并指代在田地做活的人。

yě lǎo yǔ rén zhēng xí bà　hǎi ōu hé shì gèngxiāng yí
野老与人争席罢，海鸥何事更相疑[1]？

【评介】

此诗写细雨绵绵中的田园风光，表达自己与世无争的心情。第二联两句，很受古人推崇。据说，“水田飞白鹭，夏木啭黄鹂”，原为李嘉祐诗句，王维添上“漠漠”、“阴阴”诸字，由五言成七言，给人细雨蒙蒙、阴雨绵绵之感，可谓点铁成金。

lù zhài
鹿柴[2]

kōngshān bú jiàn rén　dàn wén rén yǔ xiǎng
空山不见人，但闻人语响。
fǎn jǐng rù shēn lín　fù zhàoqīng tái shàng
返景入深林，复照青苔上。

【评介】

“此首眼目在‘空山’二字”（徐增《而庵说唐诗》）。山空林深，不见人迹，而有“人语响”，可知空而非空；人声笑语，依依

① “野老”二句：前句典出《庄子·杂篇·寓言》，说杨朱前往拜会老子，路经旅店，众人皆让坐。及至学道归来，再经旅店，众人与之争坐。后句典出《列子·黄帝篇》，说古时有人日日与海鸥相亲习，其父得知，令其将鸥捉回。此人再去海边，鸥鸟不再靠近他。这两句言：我之与人已不拘形迹，海鸥何必再猜忌我呢？

② 天宝年间，王维半官半隐于辋川别墅，并与裴迪赋诗唱和，后辑成《辋川集》二十首，这是其中的第七首，描写鹿柴傍晚时的静谧景色。

可辨，反衬空山益空。林深树密，阳光直射时难以穿透，生出苔翠阴阴；而夕阳斜入，照此苔痕，青赤相映，别有情趣，益显空山的静谧。《诗法易简录》评："写空山不从无声无色处写，偏从有声有色处写，而愈见其空。"

zhú lǐ guǎn
竹里馆①

dú zuò yōu huáng lǐ　tán qín fù chángxiào
独坐幽篁里，弹琴复长啸。
shēn lín rén bù zhī　míng yuè lái xiāngzhào
深林人不知，明月来相照。

【评介】

人是"独"的，外人"不知"也不须其"知"，可见诗人孤特绝俗；竹是"幽"的，外人不入也不须其入，可见境界幽寂；来相伴者，惟有瑶琴、明月。琴、月皆雅物，琴有声而月有色，清寂幽独中又形成别有情韵的景观，展示出诗人的"雅人深致"。此文家所谓融情入景之作。

niǎomíngjiàn
鸟鸣涧

rén xián guì huā luò　yè jìng chūnshānkōng
人闲桂花落，夜静春山空。

① 这是《辋川集》第十七首，通过月下独坐弹琴的场景，表达诗人清寂孤高的情韵。

yuè chū jīng shān niǎo shí míng chūn jiàn zhōng
月出惊山鸟，时鸣春涧中。

【评介】

本篇写鸟鸣涧春山月夜的静谧境界，"人闲"是命脉。以下写景皆由"人闲"领起。景语中，无不流溢着这种"闲"趣，"闲"可理解为闲逸、闲散、闲静、闲雅，皆无不可，确切地说，是诸种情趣的化合。

诗中所写之景，并非诗人所见，而是诗人所闻。以花落声、鸟鸣声反衬夜之静、山之空、人之闲，"静中之动，弥见其静"(《诗境浅说续编》)。

shānzhōng
山中

jīng xī bái shí chū tiān hán hóng yè xī
荆溪白石出，天寒红叶稀。
shān lù yuán wú yǔ kōng cuì shī rén yī
山路元无雨，空翠湿人衣。

【评介】

初冬时节，山景如画。

xiāng sī
相思

hóng dòu shēng nán guó　chūn lái fā jǐ zhī
红豆生南国，春来发几枝？
yuàn jūn duō cǎi xié　cǐ wù zuì xiāng sī
愿君多采撷，此物最相思。

【评介】

此诗诗意皆从“红豆又名相思子”生发。《唐诗评注读本》评：“睹物思人，恒情所有，况红豆本名相思，‘愿君多采撷’者，即谆嘱无忘故人之意。”

jiǔ yuè jiǔ rì yì shāndōngxiōng dì
九月九日忆山东兄弟

dú zài yì xiāng wéi yì kè　měi féng jiā jié bèi sī qīn
独在异乡为异客，每逢佳节倍思亲。
yáo zhī xiōng dì dēng gāo chù　biàn chā zhū yú shǎo yì rén
遥知兄弟登高处，遍插茱萸少一人。

【评介】

这是诗人十七岁身在他乡，九月九日重阳节思乡思亲之作。全诗流畅自然，显出少年诗人的自然真率，千百年来“万口流传”（《诗境浅说续编》）。

杂诗（君自故乡来）

zá shī jūn zì gù xiāng lái

jūn zì gù xiāng lái, yīng zhī gù xiāng shì
君自故乡来，应知故乡事。
lái rì qǐ chuāngqián, hán méi zhuó huā wèi
来日绮窗前，寒梅著花未？

【评介】

此诗以寻常口吻道深情：前二句，他乡遇老乡，语气朴实急切，极富人情味；后二句，思念妻子不直问，“以微物悬念，传出件件关心，思家之切”(《唐人万首绝句选评》)。

送元二使安西

sòngyuán èr shǐ ān xī

wèi chéngzhāo yǔ yì qīngchén, kè shě qīngqīng liǔ sè xīn
渭城朝雨浥轻尘，客舍青青柳色新。
quàn jūn gèng jìn yì bēi jiǔ, xī chū yángguān wú gù rén
劝君更尽一杯酒，西出阳关无故人。

【评介】

此诗极受古人推崇，宋人刘启翁《王孟诗评》评为“古今第一”。明人敖英《唐诗绝句类选》认为，“唐人别诗，此为绝唱”。陆时雍《唐诗镜》认为，“语老情深，遂为千古绝调”。

◉储光羲（约707—约760）

盛唐山水诗人。开元十四年进士，授冯翊县尉，因屈于下僚，郁郁不得志，曾一度隐居，后出为太祝，故世称储太祝。安史之乱中为叛军所获，曾任伪职，乱后被贬，死岭南。《全唐诗》录其诗编为四卷。作品多描写山水田园，风格朴实，富有农村生活气息，古人认为应置于王维、孟浩然之间。

diào yú wān

钓鱼湾

chuí diào lǜ wān chūn　chūn shēn xìng huā luàn
垂钓绿湾春，春深杏花乱。
tán qīng yí shuǐ qiǎn　hé dòng zhī yú sàn
潭清疑水浅，荷动知鱼散。
rì mù dài qíng rén　wéi zhōu lǜ yáng àn
日暮待情人[①]，维舟绿杨岸。

【评介】

本篇是《杂咏五首》的第四首，写钓鱼湾的幽静景色和作者的闲适心情。诗人之意不在于钓，而在于钓鱼湾之景。唐汝询《唐诗解》评："此见无心于钓，借之以适情，故即景之幽，真乐自在。"

---

① 情人：友人。在古代，"情人"含意较广。

◉祖　咏（生卒年不详）

盛唐山水诗人。洛阳（今属河南）人。开元年间进士，及第后长期未得任用。后授官又因事遭迁谪，落拓失志，贫病交困，归隐汝水一带，与王维相友善。《全唐诗》录其诗一卷，多描山绘水之作，风格明净，词意清新，文字洗炼，也有少数意境阔大、情感豪壮的篇章。

zhōng nán wàng yú xuě
终南望余雪

zhōng nán yīn lǐng xiù　jī xuě fú yún duān
终南阴岭秀，积雪浮云端。
lín biǎo míng jì sè　chéng zhōng zēng mù hán
林表明霁色，城中增暮寒。

【评介】

据《唐诗纪事》，此诗原为应试之作，要求五言六韵十二句，祖咏只写四句交卷。有人问他何以如此，他回答说："意尽。"

◉王　湾（生卒年不详）

洛阳人。先天年间进士，尝往来于吴楚之间，多有著述，《全唐诗》存诗十首。

cì běi gù shān xià

次北固山下

kè lù qīngshān wài　xíngzhōu lǜ shuǐqián

客路青山外，行舟绿水前。

cháopíngliǎng àn kuò　fēngzhèng yì fān xuán

潮平两岸阔，风正一帆悬。

luò rì shēng cán yè　jiāngchūn rù jiù nián

落日生残夜，江春入旧年。

xiāng shū hé chù dá　guī yàn luò yángbiān

乡书何处达，归雁洛阳边。

【评介】

名篇。尤以第三联“落日生残夜，江春入旧年”而驰誉当时，传诵后世。

◉崔　颢(？—754)

盛唐诗人。汴州(今河南开封)人。有《崔颢诗集》一卷。开元年间进士。年青时作诗较为轻艳，后出使塞上，诗风一变，转为慷慨苍劲，描写雄浑的边塞风光和将士报国赴难之情。以七律《黄鹤楼》最为著名。据辛文房《唐才子传》记载，李白登黄鹤楼看到此诗后赞道："眼前有景道不得，崔颢有诗在上头。"因而搁笔。

huáng hè lóu

黄鹤楼

xī rén yǐ chéng huáng hè qù　cǐ dì kōng yú huáng hè lóu

昔人已乘黄鹤去，此地空余黄鹤楼[1]。

huáng hè yí qù bú fù fǎn　bái yún qiān zǎi kōng yōu yōu

黄鹤一去不复返，白云千载空悠悠。

qíng chuān lì lì hàn yáng shù　fāng cǎo qī qī yīng wǔ zhōu

晴川历历汉阳树，芳草萋萋鹦鹉洲[2]。

rì mù xiāng guān hé chù shì　yān bō jiāng shàng shǐ rén chóu

日暮乡关何处是？烟波江上使人愁。

---

① "昔人"二句：据《南齐书·州郡志》，三国时吴国曾建一楼，后有仙人子安乘黄鹤过此；《寰宇记》则说是费文祎登仙后，常乘黄鹤在此楼休息，故名黄鹤楼。旧址在今湖北武汉蛇山黄矶头，俯瞰长江。

② 悠悠：悠然飘浮的样子。历历：清晰貌。萋萋：野草葱茏貌。鹦鹉洲：长江中沙洲名，在武汉北。

【评介】

此诗经李白揄扬后千载称美。严羽《沧浪诗话》断言："唐人七言律诗，当以崔颢《黄鹤楼》为第一。"《唐诗三百首》以它作七律之压卷。此诗之妙，并不在于专意写景，而在于从"黄鹤楼"三字着想，由此生发的感叹具有极强的感染力。一首短诗，短短八句，三写"黄鹤"，三用叠词而不觉重复，实有婉转之妙。

◉王之涣（688—742）

盛唐诗人。字季凌，晋阳（今属山西太原）人。今存诗仅六首，其中以七绝《凉州词》、五绝《登鹳雀楼》最为脍炙人口。

liángzhōu cí　huáng hé yuǎnshàng bái yún jiān

凉州词（黄河远上白云间）

huáng hé yuǎnshàng bái yún jiān　yí piàn gū chéng wàn rèn shān

黄河远上白云间，一片孤城万仞山。

qiāng dí　hé　xū yuànyáng liǔ　chūnfēng bú　dù　yù ménguān

羌笛何须怨杨柳，春风不度玉门关①。

① 凉州词：乐府旧题。"羌笛"句：语意双关。一是怨春风不度，杨柳不绿；二是乐府旧有《折杨柳》曲，其调哀怨，羌笛所奏正是此曲。二者皆含征夫之怨。

【评介】

前二句写“边城”，一“孤”字括尽荒旷漫远之状；后二句写“深情”，“春风不度”将统治者的刻薄寡恩和盘托出。“满目征人苦情，妙在含蕴不露”(高棅《唐诗正声》吴逸一评)。“神韵格力，俱臻绝顶。”(《诗法易简录》) 此诗在唐代已谱曲流传，传言王之涣与王昌龄、高适旗亭听曲，歌妓所唱，便有此诗。清人王士祯以之为唐代七绝的压卷之作。

◉王　翰(生卒年不详)

盛唐边塞诗人。字子羽，善写边塞风光和军旅生活，以《凉州词二首》流传最广。

liángzhōu cí　pú táo měi jiǔ yè guāng bēi

凉州词(葡萄美酒夜光杯)

pú táo měi jiǔ yè guāng bēi　yù yǐn pí pá mǎ shàng cuī

葡萄美酒夜光杯，欲饮琵琶马上催。

zuì wò shā chǎng jūn mò xiào　gǔ lái zhēngzhàn jǐ rén huí

醉卧沙场君莫笑，古来征战几人回?

【评介】

明人王世贞称此诗为“无瑕之璧”(《艺苑卮言》)。宋顾乐誉此诗为“盛唐绝作”(《唐人万首绝句选评》)。

诗前三句步步上扬,结句却突然下抑,豪放旷达中流露悲凉。但通观全篇,格调仍属高昂,不失盛唐气象。

◉王昌龄(698—约757)

边塞诗人。字少伯,京兆长安(今陕西西安)人。开元年间进士,后因事贬为江宁县丞,数年后又被贬为龙标县尉,故世称王江宁、王龙标。王善于以精简的篇幅表达深长婉曲的情绪。擅长五、七言绝句,有“诗家夫子王昌龄”之称。明王世贞以为,其绝句可与“太白争胜毫厘”(《艺苑卮言》)其诗具有多方面的内容,尤以写与边塞战争有关的题材著称。

cóng jūn xíng fēng huǒ chéng xī bǎi chǐ lóu

从军行(烽火城西百尺楼)

fēng huǒ chéng xī bǎi chǐ lóu huáng hūn dú zuò hǎi fēng qiū

烽火城西百尺楼,黄昏独坐海风秋。

gèngchuīqiāng dí guānshān yuè wú nài jīn guī wàn lǐ chóu

更吹羌笛关山月，无那金闺万里愁[①]。

【评介】

朱云荆评："己之愁从金闺之愁衬出，便为情深。"(《增订唐诗摘钞》)

俞陛云评："诗之佳处，在末句'无那'二字，用提笔以结全篇。海风山月，都化绮愁矣。"(《诗境浅说续编》)

cóng jūn xíng qīng hǎi cháng yún àn xuě shān

从军行(青海长云暗雪山)

qīng hǎi cháng yún àn xuě shān gū chéng yáo wàng yù mén guān

青海长云暗雪山，孤城遥望玉门关。

huáng shā bǎi zhàn chuān jīn jiǎ bú pò lóu lán zhōng bù huán

黄沙百战穿金甲，不破楼兰终不还[②]。

【评介】

沈德潜评："作豪语看亦可，然作归期无日看，倍有意味。"(《唐诗别裁》)

盛唐诗人，即使表现哀怨，也能以豪迈高爽出之，即所谓"清

① 从军行：乐府旧题。王昌龄作七首，均写边塞征戍之感和征夫思妇之情。关山月：乐府旧题，《乐府解题》："关山月，伤离别也。"金闺：征夫远在家乡的妻子所居住的闺房。

② 青海：今青海省青海湖。雪山：祁连山。孤城：指玉门关。楼兰：汉时西域国名，这里泛指敌国。

而庄，婉而健，盛唐人不作一凄楚音”(张文荪《唐贤清雅集》)。

chū sài qín shí míng yuè hàn shí guān

出塞(秦时明月汉时关)

qín shí míng yuè hàn shí guān wàn lǐ cháng zhēng rén wèi huán

秦时明月汉时关，万里长征人未还。

dàn shǐ lóng chéng fēi jiàng zài bú jiāo hú mǎ dù yīn shān

但使龙城飞将在，不教胡马度阴山[①]。

【评介】

《网师园唐诗笺》评：“悲壮浑成，应推绝唱。”明李攀龙则称，此诗为唐七绝“压卷之作”(见王世懋《艺圃撷余》)。

cháng xìn qiū cí fèng zhǒu píng míng jīn diàn kāi

长信秋词[②](奉帚平明金殿开)

fèng zhǒu píng míng jīn diàn kāi qiě jiāng tuán shàn gòng pái huái

奉帚平明金殿开，且将团扇共徘徊[③]。

---

① 出塞：乐府旧题，多表现与边塞战争有关的题材。王昌龄《出塞》诗共二首，此为第一首。胡马：匈奴骑兵。阴山：绵延于内蒙古自治区，是汉代防御匈奴的天然屏障。

② 汉成帝妃班婕妤，颇受宠爱，受另一宠妃赵飞燕的谗嫉排挤，最终被迫到长信宫奉侍太后，过着寂寞的生活。《长信秋词》即用此题材，写宫中妇女被君王冷淡、弃置的悲哀。原作五首，此为第三首，后被编入《乐府诗集·相和歌辞·楚调曲》。

③ 团扇：圆形有柄的扇子。又相传为班婕妤所作的《团扇诗》，内有“出入君怀袖，动摇微风发。常恐秋节至，凉飙夺炎热。弃捐箧笥中，恩情中道绝”等句。

yù yán bù jí hán yā sè　yóu dài zhāoyáng rì yǐng lái
玉颜不及寒鸦色，犹带昭阳日影来。

【评介】

此诗“意存含蓄，语多浑厚”(《唐诗选脉会通评林》)。通篇不说一个“怨”字，而哀怨之情贯穿通篇，主要得力于“玉颜”、“寒鸦”两个意象：“玉颜如何比到寒鸦，已是绝奇语；至更‘不及’，益奇矣；看下句则真‘不及’也，奇之又奇。”(焦袁喜《此木轩论诗汇编》)

此诗看似一挥而就，用笔却极为细密。惟“平明”，方有后文的“寒鸦”、“日影”，而“寒”字的运用，不仅呼应题中“秋”字，同时烘托了气氛。“团扇”二字，一为写实，一为写虚，既指宫中常用的扇子，同时指班婕妤，暗示了她始宠后弃的命运。其“昭阳”二字，指赵飞燕所居宫名，又使“日影”其来顺理成章。

guī yuàn
闺怨

guī zhōngshào fù bù zhī chóu　chūn rì níngzhuāngshàng cuì lóu
闺中少妇不知愁，春日凝妆上翠楼。
hū jiàn mò tóu yáng liǔ sè　huǐ jiào fū xù mì fēng hóu
忽见陌头杨柳色，悔教夫婿觅封侯[①]。

① 觅封侯：寻找封侯的机会。这里指从军征戍，以立功封侯。

【评介】

这是一首思妇诗，少妇心理活动是通过“不知”、“忽见”、“悔教”三个动词完成的。由“不知愁”到无限愁恨，既入情入理又章法井然。黄生评：“语境一新，情思婉折，闺情之作，当推此首为第一。”(《唐诗摘钞》)

fú róng lóu sòng xīn jiàn hán yǔ lián jiāng yè rù wú
芙蓉楼送辛渐(寒雨连江夜入吴)

hán yǔ lián jiāng yè rù wú píng míng sòng kè chǔ shān gū
寒雨连江夜入吴，平明送客楚山孤。
luò yáng qīn yǒu rú xiāng wèn yí piàn bīng xīn zài yù hú
洛阳亲友如相问，一片冰心在玉壶[①]。

【评介】

此诗“借送友以自写胸臆”(俞陛云《诗境浅说续编》)，“冰心玉壶”虽属用典，但构成了莹洁清白、“潇洒可爱”的意境。

① 芙蓉楼：故址在今江苏镇江。辛渐事迹不详。此诗大约写于王昌龄被贬为江宁丞时。原作二首，此为其一。冰心在玉壶：比喻心地纯洁清白。鲍照《白头吟》：“直如朱丝绳，清如玉壶冰。”

cǎi lián qǔ　hé yè luó qún yí sè cái

采莲曲(荷叶罗裙一色裁)

hé yè luó qún yí sè cái　fú róng xiàng liǎn liǎng biān kāi
荷叶罗裙一色裁，芙蓉向脸两边开。
luàn rù chí zhōng kàn bú jiàn　wén gē shǐ jué yǒu rén lái
乱入池中看不见，闻歌始觉有人来。

【评介】

此诗写江南水乡劳动妇女美丽的形象，隐显之间，情韵悠长。

◉李　颀(690—751)

盛唐著名边塞诗人。开元年间举进士，其诗有多方面内容，擅长五古和七言歌行，能以奔放的才力，铺叙夸饰，表现事物的特点和人物的性格。其成就不限于边塞诗，以边塞诗著名。

gǔ cóng jūn xíng

古从军行

bái rì dēng shān wàng fēng huǒ　huáng hūn yìn mǎ bàng jiāo hé
白日登山望烽火，黄昏饮马傍交河。

xíng rén diāo dǒu fēng shā àn　　gōng zhǔ pí pá yōu yuàn duō
行人刁斗风沙暗，公主琵琶幽怨多[①]。
yě yún wàn lǐ wú chéng guō　　yù xuě fēn fēn lián dà mò
野云万里无城郭，雨雪纷纷连大漠。
hú yàn āi míng yè yè fēi　　hú ér yǎn lèi shuāngshuāng luò
胡雁哀鸣夜夜飞，胡儿眼泪双双落。
wén dào yù mén yóu bèi zhē　　yīngjiāngxìngmìng zhú qīng chē
闻道玉门犹被遮，应将性命逐轻车。
niánniánzhàn gǔ mái huāng wài　　kōng jiàn pú táo rù hàn jiā
年年战骨埋荒外，空见蒲桃入汉家[②]。

【评介】

《唐诗选脉会通评林》评："李颀此作，多有讽刺意。"《网师园唐诗笺》评："讽刺蕴藉。"诗前十一句，全是正面述说，结尾"空见"一转，使十一句都改变了色彩，特别是"战骨埋荒外"与"蒲桃入汉家"的对比，"严于斧钺"。

---

① 此诗拟古乐府，故称《古从军行》，大约写于唐玄宗天宝年间。交河：在今新疆维吾尔自治区吐鲁番西。"公主"句：《史记·大宛传》记载，汉武帝实行和亲政策，以江都王刘建之女细君为公主嫁乌孙王昆莫，为解其路上烦闷寂寞，令人弹琵琶相随相娱。

② 胡雁：胡地大雁。胡是古代对北方少数民族的卑称。轻车：军队官名，汉有轻车将军、轻车都尉。蒲桃：即葡萄，当时是西域特产。

sòng wèi wàn zhī jīng

送魏万之京

zhāo wén yóu zǐ chàng lí gē　　zuó yè wēi shuāng chū dù hé
朝闻游子唱离歌[1]，昨夜微霜初渡河。
hóng yàn bù kān chóu lǐ tīng　　yún shān kuàng shì kè zhōng guò
鸿雁不堪愁里听，云山况是客中过。
guān chéng shù sè cuī hán jìn　　yù yuàn zhēn shēng xiàng wǎn duō
关城树色催寒近[2]，御苑砧声向晚多。
mò jiàn cháng ān xíng lè chù　　kōng lìng suì yuè yì cuō tuó
莫见长安行乐处，空令岁月易蹉跎。

【评介】

送友人远行，设身处地从友人的角度设想，作者还将设想中友人所遇之景与所生之情结合起来，写得十分真切、细致、婉转。何景明评："多少宛转，诵之悠然！"（《唐诗选脉会通评林》）

---

① 离歌：离别之歌。据《大戴礼记》，主客分别时唱《骊驹》，内有"骊驹在门，仆夫具存；骊驹在路，仆夫整驾"之句，故后人又将离别之歌称为"骊歌"，即这里所说的"离歌"。

② 关城：指潼关。

◉高　适（约706—765）

著名边塞诗人，字达夫。渤海蓨(今河北景县)人。少孤贫有大志，以功业自许。年近五十始为封丘尉。擅写边塞诗，唐殷潘称："适诗多胸臆语，兼有气骨，故朝野通赏其文。如《燕歌行》等篇，其有希句。"(《河岳英灵集》)杜甫曾赞誉其诗："方驾曹刘不啻过。"(《奉寄高常侍》)。原有文集二十卷，已佚。明人辑有《高常侍集》。所作意气骏爽，笔力浑厚。

yān gē xíng

燕歌行[①]

hàn jiā yān chén zài dōng běi　hàn jiàng cí jiā pò cán zéi
汉家烟尘在东北，汉将辞家破残贼。
nán ér běn zì zhòng héng xíng　tiān zǐ fēi cháng cì yán sè
男儿本自重横行，天子非常赐颜色[②]。
chuāng jīn fá gǔ xià yú guān　jīng pèi wēi yí jié shí jiān
摐金伐鼓下榆关，旌旆逶迤碣石间。
jiào wèi yǔ shū fēi hàn hǎi　chán yú liè huǒ zhào láng shān
校尉羽书飞瀚海，单于猎火照狼山[③]。
shān chuān xiāo tiáo jí biān tǔ　hú jì píng líng zá fēng yǔ
山川萧条极边土，胡骑凭陵杂风雨[④]。

---

① 燕歌行，乐府旧题，属《相和歌辞·平调曲》，多写征夫思妇之情。

② 横行：指驰骋疆场。赐颜色：指给予赏赐。

③ 摐金伐鼓：敲钲打鼓。校尉：武官名，泛指前线军事长官。羽书：古时紧急军事文书插有羽毛，称羽书，这里泛指军事警报。猎火：游猎时所燃的火光，北方部族常以此为军事演习。

④ 凭陵：侵凌。杂风雨：形容马嘶刀响的声势犹如疾风暴雨。

zhàn shì jūn qián bàn sǐ shēng　　měi rén zhàng xià yóu gē wǔ
战士军前半死生，　美人帐下犹歌舞。
dà mò qióng qiū sài cǎo féi　　gū chéng luò rì dòu bīng xī
大漠穷秋塞草腓，　孤城落日斗兵稀。
shēndāng ēn yù héngqīng dí　　lì jìn guānshān wèi jiě wéi
身当恩遇恒轻敌，　力尽关山未解围。
tiě yī yuǎn shù xīn qín jiǔ　　yù zhù yīng tí bié lí hòu
铁衣远戍辛勤久，　玉箸应啼别离后。
shào fù chéng nán yù duàncháng　　zhēng rén jì běi kōng huí shǒu
少妇城南欲断肠，　征人蓟北空回首。
biānfēng piāo yáo nǎ kě dù　　jué yù cāngmáng gèng hé yǒu
边风飘飖那可度，　绝域苍茫更何有？
shā qì sān shí zuò zhèn yún　　hán shēng yí yè chuán diāo dǒu
杀气三时作阵云，　寒声一夜传刁斗。
xiāng kàn bái rèn xiě fēn fēn　　sǐ jié cóng lái qǐ gù xūn
相看白刃血纷纷，　死节从来岂顾勋！
jūn bú jiàn shā chǎng zhēng zhàn kǔ　zhì jīn yóu yì lǐ jiāng jūn
君不见沙场征战苦，至今犹忆李将军。

【评介】

此诗为高适的“第一大篇”(《唐百家诗选》)。

诗前原有小序：“开元二十六年(738)，客有从御史大夫张公出塞而还者，作《燕歌行》以示适，感征戍之事，因而和焉。”张公，指幽州节度使张守珪。开元二十六年，其部将赵堪等袭击奚族人，先胜后败。张隐瞒真相，奏克敌获胜之功，事泄被贬。诗中所写，既与此事有关，又具普遍意义。它从应征、行军、作战、流血、牺牲一直写到征夫思妇之情，讽刺了边塞将领的不得其人。“君不见沙场征战苦，至今犹忆李将军”是全篇的画龙点睛之笔。全诗虽意在讽刺，却写得悲壮苍茫，跌宕起伏。

bié dǒng dà　qiān lǐ huáng yún bái rì xūn

别董大[①]（千里黄云白日曛）

qiān lǐ huáng yún bái rì xūn　běi fēng chuī yàn xuě fēn fēn

千里黄云白日曛，北风吹雁雪纷纷。

mò chóu qián lù wú zhī jǐ　tiān xià shuí rén bù shí jūn

莫愁前路无知己，天下谁人不识君？

【评介】

徐增评："此诗妙在粗豪。"(《而庵说唐诗》)首二句先造成愁云惨淡、北风凄厉的气氛，第三句却以"莫愁"慰之，而"莫愁"的原因是"天下谁人不识君"，既有抚慰之情，又有推许之意。"身份占得高，眼界放得阔。"(石渠《葵青居七绝诗三百纂释》)

◉岑　参（715—770）

著名边塞诗人，与高适并称"高岑"。天宝八年(749)至至德二年(757)，曾两度出塞，以边塞诗名世。其诗雄奇豪纵，颇具奇情壮采，尤善写边地风貌与戎马生涯。陆游曾推崇岑参，"以为太白、子美之后一人而已"。有《岑嘉州集》十卷。

---

① 此诗以送别而能作豪壮语著称。董大的生平事迹不详，原诗二首，此选其一。

bái xuě gē sòng wǔ pànguān guī jīng
白雪歌送武判官归京[①]

běi fēngjuǎn dì bái cǎo zhé　　hú tiān bā yuè jí fēi xuě
北风卷地白草折，　胡天八月即飞雪[②]。
hū rú yí yè chūnfēng lái　　qiān shù wàn shù lí huā kāi
忽如一夜春风来，　千树万树梨花开。
sàn rù zhū lián shī luó mù　　hú qiú bù nuǎn jǐn qīn báo
散入珠帘湿罗幕，　狐裘不暖锦衾薄。
jiāng jūn jiǎo gōng bù dé kòng　　dū hù tiě yī lěng nán zhuó
将军角弓不得控，　都护铁衣冷难著。
hàn hǎi lán gān bǎi zhàng bīng　　chóu yún cǎn dàn wàn lǐ níng
瀚海阑干百丈冰，　愁云惨淡万里凝。
zhōng jūn zhì jiǔ yǐn guī kè　　hú qín pí pá yǔ qiāng dí
中军置酒饮归客[③]，　胡琴琵琶与羌笛。
fēn fēn mù xuě xià yuánmén　　fēng chè hóng qí dòng bù fān
纷纷暮雪下辕门，　风掣红旗冻不翻。
lún tái dōngmén sòng jūn qù　　qù shí xuě mǎn tiān shān lù
轮台东门送君去，　去时雪满天山路。
shān huí lù zhuǎn bú jiàn jūn　　xuě shàngkōng liú mǎ xíng chù
山回路转不见君，　雪上空留马行处。

---

① 唐玄宗天宝十三年(754)，岑参任伊西、北庭节度判官。这首诗是他在轮台幕府雪中送友人归京之作。武判官：生平不详。判官：唐代节度、观察、防御诸使的僚属。

② 白草：我国西北地区的一种草。《汉书·西域传》颜师古注："白草似莠而细，无芒，其干熟时正白色，牛马所嗜也。"王先谦补注谓白草"春兴新苗与诸草无异，冬枯而不萎，性至坚韧"。

③ 中军：古时兵分为中、左、右三军，中军为主帅亲自率领的部队，此处指主帅营帐。

【评介】

这是一首送别诗，作者把送别安排在漫天风雪中，用大部分笔墨来描绘边塞雪景。方东树评："奇才奇气，奇情逸发，令人心神一快。"(《昭昧詹言》卷十二)

作者写景，开篇未及白雪而先传风声，奇特；写狐裘不暖，锦衾犹薄，角弓难控，铁衣犹著，又写风掣红旗冻而不翻，使人感到切肤之冷，奇寒；"忽如一夜春风来"二句，写得白雪姿态飞扬，神光焕发，虽处北国苦寒，却洋溢着无边春意，奇丽。

zǒu mǎ chuān xíng fèng sòng chū shī xī zhēng

走马川行奉送出师西征①

jūn bú jiàn zǒu mǎ chuān xuě hǎi biān píng shā mǎng mǎng huáng rù
君不见走马川，雪海边，平沙莽莽黄入
tiān lún tái jiǔ yuè fēng yè hǒu yì chuān suì shí dà rú dǒu suí fēng mǎn
天。轮台九月风夜吼，一川碎石大如斗，随风满
dì shí luàn zǒu xiōng nú cǎo huáng mǎ zhèng féi jīn shān xī jiàn yān chén
地石乱走。匈奴草黄马正肥，金山西见烟尘
fēi hàn jiā dà jiàng xī chū shī jiāng jūn jīn jiǎ yè bù tuō bàn yè jūn
飞，汉家大将西出师。将军金甲夜不脱，半夜军
xíng gē xiāng bō fēng tóu rú dāo miàn rú gē mǎ máo dài xuě hán qì zhēng
行戈相拨，风头如刀面如割。马毛带雪汗气蒸，
wǔ huā lián qián xuán zuò bīng mù zhōng cǎo xí yàn shuǐ níng lǔ jì wén zhī
五花连钱旋作冰，幕中草檄砚水凝。虏骑闻之

① 走马川：地名。有人认为在今新疆伊塞克湖附近，是天山山地中的砾石河川。这是一种季节性的河流，涨水季节则为河，枯水季节则为一条可以走马的平川。

yīng dǎn shè liào zhī duǎnbīng bù gǎn jiē chē shī dōngmén zhù xiàn jié
应胆慑，料知短兵不敢接，车师东门伫献捷[1]。

【评介】

此诗是岑参送封常清西征所作，旨在歌颂唐军的坚忍不拔。诗人“奇才奇气，风发泉涌”（方东树《昭昧詹言》卷十二）。开头六句，极写大自然的严酷。写大自然的严酷又紧紧围绕着一个“风”字，写风色、风吼、风之狂暴肆虐。“匈奴”以下三句则由绝域风光引入边塞烽烟，“汉家”一句紧扣题面。“将军”以下六句悬想唐军顶风冒寒，衔枚疾走，军容整肃，上下同仇敌忾的种种场景。作品的基调，是歌颂一种搏斗的精神，征服的精神。从音韵看，句句用韵，三句一转，既显示出“势险节短”的特点，又与紧张的战前气氛十分合拍。

rè hǎi xíngsòng cuī shì yù huánjīng
热海行送崔侍御还京[2]

cè wén yīn shān hú ér yǔ xī tóu rè hǎi shuǐ rú zhǔ
侧闻阴山胡儿语[3]， 西头热海水如煮。
hǎi shàngzhòngniǎo bù gǎn fēi zhōng yǒu lǐ yú cháng qiě féi
海上众鸟不敢飞， 中有鲤鱼长且肥。
àn pángqīng cǎo cháng bù xiē kōngzhōng bái xuě yáo xuán miè
岸旁青草常不歇， 空中白雪遥旋灭。

---

① 车师：在今新疆吉木萨尔北，唐时为北庭都护驻节之地，也是这次战役的指挥部所在地。

② 热海：湖名，今俄罗斯哈萨克境内的伊塞克湖，唐时属安西都护府辖。

③ 侧闻：表示作者并未去过热海，诗中所写都是得之传闻。

zhēng shā shuò shí rán lǔ yún　fèi làng yán bō jiān hàn yuè
蒸沙烁石然虏云，沸浪炎波煎汉月。
yīn huǒ qiánshāo tiān dì lú　hé shì piānhōng xī yì yú
阴火潜烧天地炉，何事偏烘西一隅[①]。
shì tūn yuè kū qīn tài bái　qì lián chì bǎn tōngchán yú
势吞月窟侵太白，气连赤坂通单于。
sòng jūn yí zuì tiānshān guō　zhèngjiàn xī yáng hǎi biān luò
送君一醉天山郭，正见夕阳海边落。
bǎi tái shuāng wēi hán bī rén　rè hǎi yán qì wéi zhī báo
柏台霜威寒逼人，热海炎气为之薄。

【评介】

此诗以“侧闻”领起，想象新奇，末四句点明题旨。

féng rù jīng shǐ
逢入京使[②]

gù yuándōngwàng lù mànmàn　shuāng xiù lóngzhōng lèi bù gān
故园东望路漫漫，双袖龙钟泪不干。
mǎ shàngxiāngféng wú zhǐ bǐ　píng jūn chuán yǔ bào píng ān
马上相逢无纸笔，凭君传语报平安。

① 然：同“燃”。阴火：相对太阳的阳火而言。天地炉：用贾谊《鹏鸟赋》“天地为炉”句意，意谓天地好像被阴火燃烧起来。

② 玄宗天宝八年(749)，安西四镇节度使高仙芝奏调岑参为右威卫录事参军，充节度使府掌书记。此诗即作于赴安西途中。

【评介】

《唐诗归》谭元春评："人人有此事，从来不曾说出，后人蹈袭不得，所以可久。"

◉李　白（701—762）

伟大的浪漫主义诗人。字太白，号青莲居士，幼时随父迁居绵州昌隆(今四川江油)青莲乡。少勤学，广泛阅读各种典籍，受儒、道、纵横等各家思想影响，形成其功成、名遂、身退的人生理想。二十五岁出川漫游，寻求用世之途。四十二岁被召入宫，为供奉翰林，后受排挤，离开长安再度漫游名山大川。安史之乱爆发，因参与永王李璘幕府，获罪流放夜郎，途中遇赦得还，后病逝于当涂。有《李太白文集》三十六卷，存诗近千首。其诗以激越的感情、丰富的想象、出人意表的夸张著称。形式上，喜欢采用歌行体。他继承《诗经》《楚辞》的优秀传统，汲取古乐府健爽、真挚、明朗的特色，融入他豪迈不羁的性格特点，从而形成了他"想落天外"、"横被六合"，飘逸、奔放、雄奇、壮丽的艺术风格。李白同时也是五七言绝句的圣手。五绝含蓄、深远，只有王维可以相比；七绝韵味醇美，音节和谐流畅，感情真率，语言生动，真正做到了他自己所标举的"清水出芙蓉，天然去雕饰"，与王昌龄的七绝被评为有唐三百年的典范。前人论李白，常与杜甫并称。如韩愈云："李杜文章在，光焰万丈长"(《调张籍》)。胡应麟云："才超一代者李也，体兼一代者杜也。李如星如日揭，照耀太虚，杜若地负海涵，包罗万汇。"(《诗薮》卷四)

gǔ fēng　xī shàng lián huā shān
古风(西上莲花山)

xī shàng lián huā shān　tiáo tiáo jiàn míng xīng
西上莲花山，迢迢见明星①。
sù shǒu bǎ fú róng　xū bù niè tài qīng
素手把芙蓉，虚步蹑太清。
ní cháng yè guǎng dài　piāo fú shēng tiān xíng
霓裳曳广带，飘拂升天行。
yāo wǒ dēng yún tái　gāo yī wèi shū qīng
邀我登云台，高揖卫叔卿②。
huǎng huǎng yǔ zhī qù　jià hóng líng zǐ míng
恍恍与之去，驾鸿凌紫冥。
fǔ shì luò yáng chuān　máng máng zǒu hú bīng
俯视洛阳川，茫茫走胡兵。
liú xuě tú yě cǎo　chái láng jìn guān yīng
流血涂野草，豺狼尽冠缨。

【评介】

《古风》五十九首是李白以五言古诗的形式创作的一组作品，表现作者各种人生感慨和政治抱负，非写于一时一地。这组诗与

① 莲花山：莲花峰，华山的最高峰。明星：传为华山神女，《太平广记》卷五十九："明星玉女者，居华山，服玉浆，白日升天。"

② 卫叔卿：神仙名。据《神仙传》记载，卫叔卿原为中山(今河北定县)人，后服云母石成仙，曾降临宫殿，为汉武帝所见，召之不前。派人寻找，发现他正在华山绝岩下下棋。

阮籍《咏怀》八十二首、陈子昂《感遇》三十八首等在思想内容、艺术形式、表现手法方面皆有相似之处，存在明显的传承关系。此诗为原作第十九首，写于安禄山叛军攻陷洛阳之后，当时诗人正隐居安徽宣城，却终不能忘怀国事，诗中描写洛阳的残破和生民的涂炭。“俯视洛阳川”等四句，是高处可见的实况，其中流血遍地、“豺狼冠缨”等语，表现了作者强烈的忧国忧民之心。此诗既有李白所特有的高朗飘逸，又与现实联系特别紧密。

yuǎn bié lí

远别离

yuǎn bié lí gǔ yǒu huáng yīng zhī èr nǚ nǎi zài dòng tíng zhī

远别离，古有皇英之二女[1]，乃在洞庭之

nán xiāoxiāng zhī pǔ hǎi shuǐ zhí xià wàn lǐ shēn shuí rén bù yán cǐ lí

南，潇湘之浦。海水直下万里深，谁人不言此离

kǔ rì cǎn cǎn xī yún míngmíng xīngxīng tí yān xī guǐ xiào yǔ wǒ zòng

苦！日惨惨兮云冥冥，猩猩啼烟兮鬼啸雨。我纵

yán zhī jiāng hé bǔ huángqióng qiè kǒng bú zhào yú zhī zhōngchéng léi píngpíng

言之将何补？皇穹窃恐不照余之忠诚，雷凭凭

xī yù hǒu nù yáo shùndāng zhī yì shàn yǔ jūn shī chén xī lóng wéi yú

兮欲吼怒。尧舜当之亦禅禹，君失臣兮龙为鱼，

quán guī chén xī shǔ biàn hǔ huò yún yáo yōu qiú shùn yě sǐ jiǔ yí lián

权归臣兮鼠变虎。或云尧幽囚，舜野死。九疑联

① 皇英：指尧的两个女儿娥皇、女英。传说她们两人都嫁给舜。后舜死于苍梧之野，二女沉没于湘江。

mián jiē xiāng sì chóng tóng gū fén jìng hé shì dì zǐ qì xī lǜ yún
绵皆相似，重瞳孤坟竟何是[①]？帝子泣兮绿云
jiān suí fēng bō xī qù wú huán tòng kū xī yuǎn wàng jiàn cāng wú zhī
间[②]，随风波兮去无还。恸哭兮远望，见苍梧之
shēn shān cāng wú shān bēng xiāng shuǐ jué zhú shàng zhī lèi nǎi kě miè
深山。苍梧山崩湘水绝，竹上之泪乃可灭。

【评介】

此篇当是天宝十二年(753)以前所作。据《通鉴》，天宝中，唐玄宗贪图享乐，荒废政事，两次向宦官高力士表示，要把国家大事交给李林甫、杨国忠，边防委托安禄山、哥舒翰。事实上大权已逐渐落入这些人的手里。李白深以国家安危为忧，但又没有进谏的机会，因而借古代传说，抒发忧愤。

zèng mèng hào rán
赠孟浩然

wú ài mèng fū zǐ fēng liú tiān xià wén
吾爱孟夫子，风流天下闻。
hóng yán qì xuān miǎn bái shǒu wò sōng yún
红颜弃轩冕，白首卧松云。
zuì yuè pín zhōng shèng mí huā bú shì jūn
醉月频中圣，迷花不事君。

① 重瞳：指舜。《史记·项羽本纪》："舜目盖重瞳子。"指舜的眼珠有两个瞳孔。
② 帝子：指娥皇、女英。绿云：指丛竹。传说舜出巡时，娥皇、女英追舜不及而恸哭，泪洒竹上，就变成后来洞庭湖盛产的有斑痕的湘妃竹。

gāo shān ān kě yǎng　　tú cǐ yī qīng fēn
高山安可仰，　徒此揖清芬。

【评介】

这是一篇很有特点的律诗，不为格律所拘束，而是追求古体的自然流走之势，直抒胸臆，透出一股飘逸之气。前人称："太白于律，犹为古诗之遗，情深而词显，又出乎自然，要其旨趣所归，开郁宣滞，特于风骚为近焉。"(《李诗纬》)此诗就表现了这样的特点。

sòng yǒu rén rù shǔ
送友人入蜀

jiàn shuō cán cóng lù　　qí qū bú yì xíng
见说蚕丛路，　崎岖不易行。
shān cóng rén miàn qǐ　　yún bàng mǎ tóu shēng
山从人面起，　云傍马头生。
fāng shù lǒng qín zhàn　　chūn liú rào shǔ chéng
芳树笼秦栈，　春流绕蜀城。
shēng chén yīng yǐ dìng　　bú bì wèn jūn píng
升沉应已定，　不必问君平。

【评介】

这是一首以描绘蜀道山川的奇美而著称的抒情诗。天宝二年(743)李白在长安送友人入蜀时所作。

蜀道难[1]

噫吁戏[2]，危乎高哉！蜀道之难，难于上青天！蚕丛及鱼凫[3]，开国何茫然。尔来四万八千岁，不与秦塞通人烟。西当太白有鸟道，可以横绝峨眉巅。地崩山摧壮士死[4]，然后天梯石栈相钩连。上有六龙回日之高标[5]，下有冲波逆折之回川。黄鹤之飞尚不得过，猿猱欲度愁攀援。青泥何盘盘，百步九折萦岩峦。扪参历井仰胁息，以手抚膺坐长叹。问君西游何时还，畏

---

① 此诗大约作于开元、天宝之际，李白初到长安之时。贺知章见此诗，惊叹之余，称李白为“谪仙”。《蜀道难》是乐府旧题。《乐府解》：“《蜀道难》，备言铜梁、玉垒（二者皆蜀地山名）之阻。”本篇即发挥此旨，以丰富的想象和夸张的手法，极写蜀地山川的壮丽和蜀道的艰险。

② 噫吁戏：惊叹词，蜀方言。

③ 蚕丛、鱼凫：相传为蜀国早期开国君王。

④ “地崩”句：据《华阳国志·蜀志》记载，秦惠王许嫁五女给蜀王，蜀王派五丁（五个力士）迎接，归途中见一条大蛇钻入穴中，五丁抓住其尾大呼拽之。山崩，压死五丁、五女及随从人员。

⑤ 六龙回日：意谓山峰高峻，以致六龙所拉载有太阳的车子都要折回。

tú chán yán bù kě pān dàn jiàn bēi niǎo háo gǔ mù xióng fēi cí cóng rào
途巉岩不可攀。但见悲鸟号古木，雄飞雌从绕
lín jiān yòu wén zǐ guī tí yè yuè chóu kōng shān shǔ dào zhī nán nán
林间。又闻子规啼夜月，愁空山。蜀道之难，难
yú shàng qīng tiān shǐ rén tīng cǐ diāo zhū yán lián fēng qù tiān bù yíng chǐ
于上青天，使人听此凋朱颜。连峰去天不盈尺，
kū sōng dào guà yǐ jué bì fēi tuān pù liú zhēng xuān huī pēng yá zhuǎn shí
枯松倒挂倚绝壁。飞湍瀑流争喧豗，砯崖转石
wàn hè léi qí xiǎn yě rú cǐ jiē ěr yuǎn dào zhī rén hú wéi hū lái
万壑雷。其险也如此，嗟尔远道之人胡为乎来
zāi jiàn gé zhēng róng ér cuī wéi yì fū dāng guān wàn fū mò kāi suǒ
哉？剑阁峥嵘而崔嵬，一夫当关，万夫莫开。所
shǒu huò fēi qīn huà wéi láng yǔ chái zhāo bì měng hǔ xī bì cháng shé
守或匪亲，化为狼与豺。朝避猛虎，夕避长蛇，
mó yá shǔn xuè shā rén rú má jǐn chéng suī yún lè bù rú zǎo huán
磨牙吮血，杀人如麻。锦城虽云乐，不如早还
jiā shǔ dào zhī nán nán yú shàng qīng tiān cè shēn xī wàng cháng zī jiē
家。蜀道之难，难于上青天，侧身西望长咨嗟！

【评介】

诗人以纵横超迈之才，变幻恍惚之笔，写壮丽奇美之景：说难则“难于上青天”，说远则“四万八千岁”，说高则“六龙回日”，说曲则“百步九折”，说险则“磨牙吮血”，言之不足，铺陈言之；铺陈不足，夸饰言之；夸饰不足，神话言之。真所谓“笔阵纵横，如虬飞蠖动，起雷霆于指顾之间”（沈德潜《唐诗别裁》）。

jiāng jìn jiǔ　jūn bú jiàn

将进酒（君不见）[①]

jūn bú jiàn　huáng hé zhī shuǐ tiān shàng lái　bēn liú dào hǎi bú fù
君不见，黄河之水天上来，奔流到海不复
huí　jūn bú jiàn　gāo táng míng jìng bēi bái fà　zhāo rú qīng sī mù chéng
回。君不见，高堂明镜悲白发，朝如青丝暮成
xuě　rén shēng dé yì xū jìn huān　mò shǐ jīn zūn kōng duì yuè　tiān shēng
雪。人生得意须尽欢，莫使金樽空对月。天生
wǒ cái bì yǒu yòng　qiān jīn sàn jìn huán fù lái　pēng yáng zǎi niú qiě wéi
我材必有用，千金散尽还复来。烹羊宰牛且为
lè　huì xū yì yǐn sān bǎi bēi　cén fū zǐ　dān qiū shēng　jiāng jìn
乐，会须一饮三百杯。岑夫子，丹丘生[②]，将进
jiǔ　bēi mò tíng　yǔ jūn gē yì qǔ　qǐng jūn wéi wǒ cè ěr tīng　zhōng
酒，杯莫停。与君歌一曲，请君为我侧耳听：钟
gǔ zhuàn yù bù zú guì　dàn yuàn cháng zuì bú fù xǐng　gǔ lái shèng xián jiē
鼓馔玉不足贵，但愿长醉不复醒。古来圣贤皆
jì mò　wéi yǒu yǐn zhě liú qí míng　chén wáng xī shí yàn píng lè　dǒu jiǔ
寂寞，惟有饮者留其名。陈王昔时宴平乐，斗酒
shí qiān zì huān xuè　zhǔ rén hé wéi yán shǎo qián　jìng xū gū qǔ duì jūn
十千恣欢谑[③]。主人何为言少钱，径须沽取对君

---

① 将进酒：乐府旧题，内容多写饮酒放歌。李白此作发挥原题本意，是一篇豪放不羁的劝酒歌，也流露出人生短暂而功业不成的哀愁。约作于天宝三年（744），李白离开长安漫游梁、宋之时。

② 岑夫子：指岑勋，南阳人。丹丘生：指元丹丘，颍阳人。二人皆为李白的朋友。

③ “陈王”二句：曹植曾封陈思王，故称“陈王”。平乐：指平乐观，在当时洛阳西门外，曹植常在此处宴饮，其《名都篇》说：“归来宴平乐，美酒斗十千。”

zhuó wǔ huā mǎ qiān jīn qiú hū ér jiāng chū huàn měi jiǔ yǔ ěr tóng
酌。五花马，千金裘，呼儿将出换美酒，与尔同
xiāo wàn gǔ chóu
销万古愁。

【评介】

此诗借饮酒抒发牢愁不平之情，豪放旷达，极为流畅自然。徐增《而庵说唐诗》评："此歌最为豪放，才气千古无双。"严羽评："他人作诗用笔想，太白但用胸口一喷即是。"(《李太白诗集》注引)

xíng lù nán jīn zūn qīng jiǔ dǒu shí qiān
行路难[①]（金樽清酒斗十千）

jīn zūn qīng jiǔ dǒu shí qiān yù pán zhēn xiū zhí wàn qián
金樽清酒斗十千， 玉盘珍羞直万钱。
tíng bēi tóu zhù bù néng shí bá jiàn sì gù xīn máng rán
停杯投箸不能食， 拔剑四顾心茫然。
yù dù huáng hé bīng sāi chuān jiāng dēng tài háng xuě mǎn shān
欲渡黄河冰塞川， 将登太行雪满山。

① 行路难：乐府旧题。《乐府解题》说："《行路难》，备言世路艰难及离别伤悲之意。"古辞已佚，鲍照曾作《拟行路难》十八首，其中有"对案不能食，拔剑击柱长太息"等句。李白此作，内容和形式方面都受鲍照影响。大约写于天宝初年李白被排挤出京时。原作三首，此为其一。

xián lái chuí diào bì xī shàng　　hū fù chéng zhōu mèng rì biān
闲来垂钓碧溪上，忽复乘舟梦日边[①]。
xíng lù nán　xíng lù nán　　duō qí lù　jīn ān zài
行路难，行路难，多岐路，今安在？
cháng fēng pò làng huì yǒu shí　　zhí guà yún fān jì cāng hǎi
长风破浪会有时[②]，直挂云帆济沧海。

【评介】

李白豪迈自信，志在当世，被排挤离开长安，愤慨不平。前四句通过“停杯投箸”、“拔剑四顾”两个强烈动作，表达他茫然无绪之情；“欲渡”四句，具体写仕途险阻和命运的变幻莫测。诗人在彷徨迷茫之际，忽又别有天地，豪气顿生，自信终有长风破浪之日。此诗感情跌宕起伏。诗人在抒发浩荡磊落、抑塞不平之情时，七字句中忽然插入四个三字句，《李太白诗醇》评：“句格长短错综，如缚龙蛇。”

---

① “闲来”句：用姜尚（姜子牙）典。姜尚曾在渭水钓鱼，后遇周文王，被赏识重用。“忽复”句：用伊尹典。伊尹为汤聘任前，曾梦乘船经过日月之旁。古代常用“日”指君王。

② 长风破浪：喻政治上得志。典出《南史·宗悫传》。宗悫少年时，曾用“乘长风破万里浪”来形容自己的抱负。

cháng gān xíng qiè fà chū fù é

长干行[1]（妾发初覆额）

qiè fà chū fù é　zhé huā mén qián jù

妾发初覆额，折花门前剧。

láng qí zhú mǎ lái　rào chuáng nòng qīng méi

郎骑竹马来，绕床弄青梅。

tóng jū cháng gān lǐ　liǎng xiǎo wú xián cāi

同居长干里[2]，两小无嫌猜。

shí sì wéi jūn fù　xiū yán wèi cháng kāi

十四为君妇，羞颜未尝开。

dī tóu xiàng àn bì　qiān huàn bú yì huí

低头向暗壁，千唤不一回。

shí wǔ shǐ zhǎn méi　yuàn tóng chén yǔ huī

十五始展眉，愿同尘与灰。

cháng cún bào zhù xìn　qǐ shàng wàng fū tái

常存抱柱信，岂上望夫台[3]？

shí liù jūn yuǎn xíng　qú táng yàn yù duī

十六君远行，瞿塘滟滪堆。

wǔ yuè bù kě chù　yuán shēng tiān shàng āi

五月不可触，猿声天上哀。

---

① 长干行：是南朝乐府旧题，古辞只五言四句，写一少女驾舟采莲之事。李白此作篇幅加长，内容增多，写一商妇从与丈夫两小无猜，到结婚，再到丈夫远出经商迟迟不归、自己苦苦思念的缠绵感情。共二首，此选第一首。

② 长干里：古代金陵（今南京）的里巷名。

③ 抱柱信：据《庄子·杂篇·盗跖》篇记载，尾生与女友在桥下约会，女子误期，大水忽至，尾生信守诺言，抱住桥柱等待，被淹死。望夫台：《幽明录》所记传说，古代一位妇女，天天上山眺望外出打仗的丈夫，久而久之化作石头，后人称为望夫石，山为望夫山，即这里所说的望夫台。

mén qián chí xíng jì　　yī yī shēng lǜ tái
门前迟行迹，一一生绿苔。
tái shēn bù néng sǎo　　luò yè qiū fēng zǎo
苔深不能扫，落叶秋风早。
bā yuè hú dié huáng　　shuāng fēi xī yuán cǎo
八月蝴蝶黄，双飞西园草。
gǎn cǐ shāng qiè xīn　　zuò chóu hóng yán lǎo
感此伤妾心，坐愁红颜老。
zǎo wǎn xià sān bā　　yù jiāng shū bào jiā
早晚下三巴，预将书报家。
xiāng yíng bú dào yuǎn　　zhí zhì cháng fēng shā
相迎不道远，直至长风沙。

【评介】

《长干行》原是江南民歌，李白同题拟作，保持了这种情调。《唐宋诗醇》评："儿女情事，直从胸臆间流出，萦迂回折，一往情深。"《诗法易简录》评："此诗音节，深得汉人乐府之遗。"其实，它兼有汉乐府民歌的浑厚古朴与六朝乐府民歌的明丽轻倩。

xià zhōng nán shān guò hú sī shān rén sù zhì jiǔ

下终南山过斛斯山人宿置酒

mù cóng bì shān xià　　shān yuè suí rén guī
暮从碧山下，山月随人归。
què gù suǒ lái jìng　　cāng cāng héng cuì wēi
却顾所来径，苍苍横翠微。
xiāng xié jí tián jiā　　tóng zhì kāi jīng fēi
相携及田家，童稚开荆扉。

lǜ zhú rù yōu jìng　　qīng luó fú xíng yī
绿竹入幽径，　青萝拂行衣。
huān yán dé suǒ qì　　měi jiǔ liáo gòng huī
欢言得所憩，　美酒聊共挥。
cháng gē yín sōng fēng　　qǔ jìn hé xīng xī
长歌吟松风，　曲尽河星稀。
wǒ zuì jūn fù lè　　táo rán gòng wàng jī
我醉君复乐，　陶然共忘机。

【评介】

李白作此诗正在长安供奉翰林。从诗的内容看，诗人是在月夜到长安南面的终南山去造访一位姓斛斯的隐士。诗人以田家、饮酒为题材，显然受了陶潜的影响，然而二者诗风又有不同之处。陶潜写景，显得平淡恬静，而李白长歌中有一股英气，与陶潜异趣。

qīngpíngdiào sān shǒu
清平调三首

yún xiǎng yī cháng huā xiǎng róng　　chūn fēng fú kǎn lù huá nóng
云想衣裳花想容，　春风拂槛露华浓。
ruò fēi qún yù shān tóu jiàn　　huì xiàng yáo tái yuè xià féng
若非群玉山头见，　会向瑶台月下逢。

yì zhī hóng yàn lù níng xiāng　　yún yǔ wū shān wǎng duàn cháng
一枝红艳露凝香，　云雨巫山枉断肠。
jiè wèn hàn gōng shuí dé sì　　kě lián fēi yàn yǐ xīn zhuāng
借问汉宫谁得似？　可怜飞燕倚新妆。

míng huā qīng guó liǎngxiānghuān　　cháng dé jūn wáng dài xiào kān
名花倾国两相欢，长得君王带笑看。
jiě shì chūnfēng wú xiàn hèn　　chénxiāngtíng běi yǐ lán gān
解释春风无限恨，沉香亭北倚阑干。

【评介】

这三首诗是李白在长安供奉翰林时所作。诗人把木芍药(牡丹)和杨贵妃交互在一起写，花即是人，人即是花，人面花光浑融一片。

yù jiē yuàn
玉阶怨[①]

yù jiē shēng bái lù　yè jiǔ qīn luó wà
玉阶生白露，夜久侵罗袜。
què xià shuǐ jīng lián　líng lóngwàng qiū yuè
却下水晶帘，玲珑望秋月。

【评介】

俞陛云评："题为《玉阶怨》，其写怨意，不在表面，而在实际。第二句云露侵罗袜，则空庭之久立可知。第三句云却下水晶

① 这是一首宫怨诗，写一宫中女子在秋夜的孤凄之情和哀怨之意。玉阶怨：乐府旧题，属《相和歌·楚调曲》。李白此作，从题面生发。玉阶：宫殿的华贵台阶，女主人公住处。玲珑：形容月亮的明丽。

帘，则羊车之望绝可知（指不被皇帝‘宠幸’）。第四句云隔帘望月，则虚帏之孤，影可知。不言怨，而怨自深矣。”

sài xià qǔ wǔ yuè tiān shān xuě

塞下曲（五月天山雪）①

wǔ yuè tiān shān xuě　wú huā zhǐ yǒu hán

五月天山雪，　无花只有寒。

dí zhōng wén zhé liǔ　chūn sè wèi céng kān

笛中闻折柳，　春色未曾看②。

xiǎo zhàn suí jīn gǔ　xiāo mián bào yù ān

晓战随金鼓，　宵眠抱玉鞍。

yuàn jiāng yāo xià jiàn　zhí wèi zhǎn lóu lán

愿将腰下剑，　直为斩楼兰。

【评介】

此诗虽为乐府题目，形式上却“声律尽协”，“近于近体律诗”（《李太白诗醇》），以律诗之体，传乐府之神。

① 汉乐府《横吹曲》中有《出塞》、《入塞》的旧题，多写边塞征戍之事。唐人又衍为《塞上曲》《塞下曲》，题材也大致相似，李白此诗即写边塞苦寒之状和将士破敌的决心。原作共六首，此为第一首。

② “笛中”二句：意谓虽听到吹奏《折杨柳》的笛声，但实际上却不见杨柳。《折杨柳》属汉乐府《横吹曲》。

dīng dū hù gē
丁都护歌[1]

yún yáng shàng zhēng qù　liǎng àn ráo shāng gǔ
云阳上征去，两岸饶商贾。
wú niú chuǎn yuè shí　tuō chuán yì hé kǔ
吴牛喘月时，拖船一何苦[2]！
shuǐ zhuó bù kě yǐn　hú jiāng bàn chéng tǔ
水浊不可饮，壶浆半成土。
yí chàng dū hù gē　xīn cuī lèi rú yǔ
一唱都护歌，心摧泪如雨。
wàn rén jì pán shí　wú yóu dá jiāng hǔ
万人系盘石，无由达江浒。
jūn kàn shí máng dàng　yǎn lèi bēi qiān gǔ
君看石芒砀，掩泪悲千古。

【评介】

《唐宋诗醇》评："落笔沉痛，含意深远，此李诗之近杜者。"

---

① 丁都护歌：南朝乐府旧题，属《清商曲辞·吴声歌曲》。关于此题的由来，据《宋书·乐志》记载，刘宋时彭城内史徐逵之为人所杀，宋高祖令府内直都护丁旿收敛埋葬之。徐妻呼丁旿至阁下询问殡葬之事，每问，则叹息曰"丁督护"，其声哀切。后人据其声制成此曲。李白此诗可能是在游丹阳时，亲见民伕拖船之苦，听到他们唱这支哀怨曲调，故借作诗题，与旧题原意无关。

② 云阳：今江苏丹阳。上征：指船只沿运河逆流而上。"吴牛"句：指天气炎热之时，吴地水牛怕热，夏夜月出，以为是太阳，吓得发喘，故世称"吴牛喘月"。

zǐ yè wú gē cháng ān yí piàn yuè

子夜吴歌（长安一片月）[①]

cháng ān yí piàn yuè wàn hù dǎo yī shēng
长安一片月，万户捣衣声。
qiū fēng chuī bú jìn zǒng shì yù guānqíng
秋风吹不尽，总是玉关情。
hé rì píng hú lǔ liáng rén bà yuǎnzhēng
何日平胡虏，良人罢远征！

【评介】

《唐诗直解》叶羲昂评此诗："不恨朝廷黩武，但言胡虏未平，深得风人之旨。"

é méi shān yuè gē

峨眉山月歌

é méi shān yuè bàn lún qiū yǐng rù píngqiāngjiāngshuǐ liú
峨眉山月半轮秋，影入平羌江水流。
yè fā qīng xī xiàng sān xiá sī jūn bú jiàn xià yú zhōu
夜发清溪向三峡，思君不见下渝州。

---

① 据《旧唐书·音乐志二》载，晋时有女名子夜，曾制一曲，声甚哀伤，时人名之为《子夜歌》，后又有《子夜四时歌》、《子夜变歌》等，因属江南吴声，总称《子夜吴歌》，乐府编入《清商辞·吴歌》中。李白此作承《子夜四时歌》而来。所选为第三首《秋歌》，写思妇秋夜对远戍丈夫的思念，对朝廷穷兵黩武的不满。

【评介】

短短四句二十八字中，竟出现了五处地名，且丝毫不影响其艺术感染力。

zèngwāng lún

赠汪伦

lǐ bái chéngzhōujiāng yù xíng hū wén àn shàng tà gē shēng

李白乘舟将欲行，忽闻岸上踏歌声。

táo huā tán shuǐshēnqiān chǐ bù jí wāng lún sòng wǒ qíng

桃花潭水深千尺，不及汪伦送我情。

【评介】

天宝十四年(755)春，李白游安徽泾县桃花潭，村人汪伦盛情款待，临别诗人作此诗。

《唐诗选脉会通评林》引周敬评："不雕不琢，天然成响，语从至情发出，故妙。"

wén wángchānglíng zuǒ qiānlóngbiāo yáo yǒu cǐ jì

闻王昌龄左迁龙标遥有此寄

yánghuā luò jìn zǐ guī tí wén dào lóngbiāo guò wǔ xī

杨花落尽子规啼，闻道龙标过五溪。

wǒ jì chóu xīn yǔ míng yuè suí fēng zhí dào yè láng xī

我寄愁心与明月，随风直到夜郎西。

【评介】

第一句写景，不仅点出暮春季节，也衬托了感情。第三、四两句，不做正面劝慰，而是忽发奇想，将心托付明月，感情的抒发显得特别委婉深曲。

dēng jīn líng fènghuáng tái

登金陵凤凰台

fènghuáng tái shàngfènghuáng yóu　fèng qù tái kōngjiāng zì liú

凤凰台上凤凰游，凤去台空江自流。

wú gōng huā cǎo mái yōu jìng　jìn dài yī guānchéng gǔ qiū

吴宫花草埋幽径，晋代衣冠成古丘。

sān shān bàn luò qīng tiān wài　èr shuǐ zhōng fēn bái lù zhōu

三山半落青天外，二水中分白鹭洲。

zǒng wèi fú yún néng bì rì　cháng ān bú jiàn shǐ rén chóu

总为浮云能蔽日，长安不见使人愁。

【评介】

此为登览怀古伤今之作。据辛文房《唐才子传》记载，崔颢曾题诗黄鹤楼，李白读后十分感佩，叹曰：“眼前有景道不得，崔颢有诗在上头。”李后来登金陵凤凰台，忍不住内心的冲动而有此作。凤凰台，旧址在今南京凤凰山。据《宋书·符瑞志》记载，南朝刘宋元嘉年间，有异鸟飞集山上，时人认为是凤凰，遂名此山为凤凰山，于其上筑凤凰台。

lú shān yáo jì lú shì yù xū zhōu

庐山谣寄卢侍御虚舟

wǒ běn chǔ kuáng rén fèng gē xiào kǒng qiū shǒu chí lǜ yù zhàng
我本楚狂人，凤歌笑孔丘。手持绿玉杖，
zhāo bié huáng hè lóu wǔ yuè xún xiān bù cí yuǎn yì shēng hào rù míngshān
朝别黄鹤楼。五岳寻仙不辞远，一生好入名山
yóu lú shān xiù chū nán dǒu páng píng fēng jiǔ dié yún jǐn zhāng yǐng luò
游。庐山秀出南斗旁，屏风九叠云锦张，影落
míng hú qīng dài guāng jīn què qián kāi èr fēng cháng yín hé dào guà sān shí
明湖青黛光。金阙前开二峰长，银河倒挂三石
liáng xiāng lú pù bù yáo xiāng wàng huí yá tà zhàng líng cāng cāng cuì
梁。香炉瀑布遥相望，回崖沓嶂凌苍苍。翠
yǐnghóng xiá yìngzhāo rì niǎo fēi bú dào wú tiān cháng dēng gāo zhuàngguān tiān
影红霞映朝日，鸟飞不到吴天长。登高壮观天
dì jiān dà jiāngmángmáng qù bù huán huáng yún wàn lǐ dòngfēng sè bái
地间，大江茫茫去不还。黄云万里动风色，白
bō jiǔ dào liú xuě shān hào wéi lú shān yáo xìng yīn lú shān fā xián kuī
波九道流雪山。好为庐山谣，兴因庐山发。闲窥
shí jìng qīng wǒ xīn xiè gōng xíng chù cāng tái mò zǎo fú huán dān wú shì
石镜清我心，谢公行处苍苔没。早服还丹无世
qíng qín xīn sān dié dào chū chéng yáo jiàn xiān rén cǎi yún lǐ shǒu bǎ
情，琴心三叠道初成①。遥见仙人彩云里，手把

① 还丹：道家术语。丹砂烧成水银，积久又还成丹砂，叫做还丹。《抱朴子·金丹》："若取九转之丹，内神鼎中，夏至之后，爆之鼎热，翕然辉煌，俱起神光五色，即化为还丹。取而服之一刀圭，即白日升天。"琴心三叠：道家术语，见《黄庭内外景经》，言"其心和则神悦"，故谓"道初成"。

fú róng cháo yù jīng xiān qī hàn màn jiǔ gāi shàng yuàn jiē lú áo yóu
芙蓉朝玉京[①]。先期汗漫九垓上，愿接卢敖游
tài qīng
太清[②]。

【评介】

诗人感情激越，想象丰富，境界开阔，气势磅礴，给人一种雄奇的美感享受。古人对其艺术性评价很高："太白天仙之词，语多率然而成者，故乐府歌词咸善……今观其《庐山谣》等作，长篇短韵，驱驾气势，殆与南山秋气并高可也。"

mèng yóu tiān mǔ yín liú bié
梦游天姥吟留别

hǎi kè tán yíng zhōu yān tāo wēi máng xìn nán qiú yuè rén yǔ tiān
海客谈瀛洲，烟涛微茫信难求。越人语天
mǔ yún ní míng miè huò kě dǔ tiān mǔ lián tiān xiàng tiān héng shì bá
姥，云霓明灭或可睹[③]。天姥连天向天横，势拔
wǔ yuè yǎn chì chéng tiān tái sì wàn bā qiān zhàng duì cǐ yù dǎo dōng nán
五岳掩赤城。天台四万八千丈，对此欲倒东南

① 玉京：传说中道教所奉天神元始天尊所在之地。
② 据《淮南子·道应训》记载，卢敖（秦始皇的博士，为秦始皇求仙不返）游到北海，遇到一个奇形怪状的神仙，笑卢敖所见不广。卢敖约他同游，他不能应卢敖之邀，说他与"汗漫""相期（约会）于九垓（九天）之外"，遂跳入云中。李白以卢敖指卢虚舟，邀卢虚舟和他作神仙之游。汗漫：意谓不可知。太清：最高的天空。道家以"玉清"、"上清"、"太清"为三清。
③ 海客：海边来的人。瀛洲：传说中的海上仙山。越人：今浙江一带人，古时为越国。天姥山：在今浙江省天台县西。

qīng wǒ yù yīn zhī mèng wú yuè yí yè fēi dù jìng hú yuè hú yuè zhào
倾。我欲因之梦吴越，一夜飞度镜湖月。湖月照
wǒ yǐng sòng wǒ zhì shàn xī xiè gōng sù chù jīn shàng zài lù shuǐ dàng
我影，送我至剡溪。谢公宿处今尚在，渌水荡
yàngqīngyuán tí jiǎo zhuó xiè gōng jī shēndēngqīng yún tī bàn bì jiàn
漾清猿啼。脚着谢公屐[1]，身登青云梯。半壁见
hǎi rì kōngzhōng wén tiān jī qiān yán wànzhuǎn lù bú dìng mí huā yǐ
海日，空中闻天鸡[2]。千岩万转路不定，迷花倚
shí hū yǐ míng xióng páo lóng yín yǐn yán quán lì shēn lín xī jīng céngdiān
石忽已暝。熊咆龙吟殷岩泉，慄深林兮惊层巅。
yún qīngqīng xī yù yǔ shuǐ dàn dàn xī shēng yān liè quē pī lì qiū luán
云青青兮欲雨，水澹澹兮生烟。列缺霹雳，丘峦
bēng cuī dòng tiān shí fēi hōng rán zhōng kāi qīng míng hào dàng bú jiàn
崩摧。洞天石扉，訇然中开[3]。青冥浩荡不见
dǐ rì yuè zhào yào jīn yín tái ní wéi shang xī fēng wéi mǎ yún zhī jūn
底，日月照耀金银台。霓为裳兮风为马，云之君
xī fēn fēn ér lái xià hǔ gǔ sè xī luán huí chē xiān zhī rén xī liè rú
兮纷纷而来下。虎鼓瑟兮鸾回车，仙之人兮列如
má hū hún jì yǐ pò dòng huǎng jīng qǐ ér cháng jiē wéi jué shí zhī
麻。忽魂悸以魄动，怳惊起而长嗟。惟觉时之
zhěn xí shī xiàng lái zhī yān xiá shì jiān xíng lè yì rú cǐ gǔ lái wàn
枕席，失向来之烟霞。世间行乐亦如此，古来万
shì dōng liú shuǐ bié jūn qù xī hé shí huán qiě fàng bái lù qīng yá jiān
事东流水。别君去兮何时还？且放白鹿青崖间，

---

① 谢公：指谢灵运。谢公屐：谢为游山特制的木屐，前后皆有齿，上山可去其前齿，下山可去其后齿。

② 天鸡：据《述异记》说，东南有桃都山，山上有大树，树上有天鸡。日出照树，天鸡则鸣，天下鸡皆随之鸣。

③ 列缺：闪电。洞天：神仙居住的洞府。石扉：石门。訇然：轰隆隆的声音。

xū xíng jí qí fǎng míng shān ān néng cuī méi zhé yāo shì quán guì shǐ wǒ
须行即骑访名山。安能摧眉折腰事权贵，使我
bù dé kāi xīn yán
不得开心颜！

【评介】

这首诗的题目又作《别东鲁诸公》、《梦游天姥山别东鲁诸公》，可推知它作于天宝四年(745)，当时作者受排挤出京居住东鲁(在今山东)近一年，将游越中，临行以诗话别。诗中以丰富的想象、大胆的夸张，描绘了天姥山壮丽神奇的景象，表达了与权贵决绝之心。

此篇与《蜀道难》同为奇作，但《蜀道难》是奇伟，此篇是奇丽；《蜀道难》是夸张的实境，此篇是迷离的幻境。《蜀道难》一篇之骨在“难”，此诗一篇之骨在“梦”。

此诗看上去迷离惝恍，线索却十分明晰。《唐宋诗醇》评：“夭矫离奇，不可方物，然因语而梦，因梦而悟，因悟而别，节次相生，丝毫不乱。”

bǎ jiǔ wèn yuè
把酒问月

qīng tiān yǒu yuè lái jǐ shí wǒ jīn tíng bēi yí wèn zhī
青天有月来几时？我今停杯一问之。
rén pān míng yuè bù kě dé yuè xíng què yǔ rén xiāng suí
人攀明月不可得，月行却与人相随。
jiǎo rú fēi jìng lín dān què lǜ yān miè jìn qīng huī fā
皎如飞镜临丹阙，绿烟灭尽清辉发。

dàn jiàn xiāo cóng hǎi shàng lái　　níng zhī xiǎo xiàng yún jiān mò
但见宵从海上来，宁知晓向云间没？
bái tù dǎo yào qiū fù chūn　　cháng é gū qī yǔ shéi lín
白兔捣药秋复春，嫦娥孤栖与谁邻？
jīn rén bú jiàn gǔ shí yuè　　jīn yuè céng jīng zhào gǔ rén
今人不见古时月，今月曾经照古人。
gǔ rén jīn rén ruò liú shuǐ　　gòng kàn míng yuè jiē rú cǐ
古人今人若流水，共看明月皆如此。
wéi yuàn dāng gē duì jiǔ shí　　yuè guāng cháng zhào jīn zūn lǐ
唯愿当歌对酒时，月光长照金樽里。

【评介】

“把酒问月”是作者绝妙的自我造象，其飘逸浪漫的风神惟谪仙方能有之。

huáng hè lóu sòng mèng hào rán zhī guǎng líng
黄鹤楼送孟浩然之广陵

gù rén xī cí huáng hè lóu　　yān huā sān yuè xià yáng zhōu
故人西辞黄鹤楼，烟花三月下扬州。
gū fān yuǎn yǐng bì kōng jìn　　wéi jiàn cháng jiāng tiān jì liú
孤帆远影碧空尽，唯见长江天际流。

【评介】

大约在开元十六年(728)孟浩然入京之前，曾从江夏(今湖北武昌)乘船赴广陵(今江苏扬州)一带漫游，李白在黄鹤楼作诗相送。此诗语近情遥，“后二句写景，而送别之意已见言表。孤帆远影，以目送也；长江天际，以心送也。极浅极深，极淡极浓，真仙笔。”（《唐诗选胜直解》）。

xuānzhōu xiè tiǎo lóu jiàn bié jiào shū shū yún

宣州谢朓楼饯别校书叔云①

qì wǒ qù zhě　　zuó rì zhī rì bù kě liú
弃我去者，昨日之日不可留；
luàn wǒ xīn zhě　　jīn rì zhī rì duō fán yōu
乱我心者，今日之日多烦忧。
chángfēng wàn lǐ sòng qiū yàn　　duì cǐ kě yǐ hān gāo lóu
长风万里送秋雁，对此可以酣高楼。
péng lái wén zhāng jiàn ān gǔ　　zhōng jiān xiǎo xiè yòu qīng fā
蓬莱文章建安骨，中间小谢又清发②。
jù huái yì xìngzhuàng sī fēi　　yù shàngqīng tiān lǎn míng yuè
俱怀逸兴壮思飞，欲上青天览明月。
chōu dāo duànshuǐ shuǐgèng liú　　jǔ bēi xiāochóuchóugèngchóu
抽刀断水水更流，举杯销愁愁更愁。
rén shēng zài shì bú chèn yì　　míngzhāo sàn fà nòngpiānzhōu
人生在世不称意，明朝散发弄扁舟③。

---

① 此诗为天宝末年李白游宣州（今安徽宣城）时所作。南齐著名诗人谢朓曾任宣州太守，在这里建有北楼以供登临，后名谢公楼。此诗结合谢朓事迹，抒发抑郁不平之情。

② 蓬莱文章：借指唐朝朝廷上藏书的秘书省。李白族叔李云任秘书省校书郎，故以“蓬莱文章”称之。建安骨：建安是汉献帝年号，当时三曹、七子的作品慷慨刚健，有“建安风骨”之称。小谢：即谢朓，世称谢灵运为大谢，谢朓为小谢。

③ 散发：古人束发加冠，散发表示高蹈遗世，不受礼仪束缚。弄扁舟：用春秋范蠡退隐后“乘扁舟浮于江湖”典，指隐居江海之间。

【评介】

开头两个十一字长句，劈空而来，为全篇笼罩抑郁难平之情。第二层，“蓬莱文章建安骨”、“小谢”云云，既论古又喻今，既有叔又有侄，叔侄合写，切境切情。第三层，单抒己情，饯别以自誓收束，“别是一法”。王尧衢《古唐诗合解》评：“此篇两韵三转，而起结别是一法，起势豪迈如风雨之骤至。”

chūn yè luò chéng wén dí

春夜洛城闻笛[1]

shéi jiā yù dí àn fēi shēng　sàn rù chūnfēng mǎn luò chéng

谁家玉笛暗飞声，散入春风满洛城。

cǐ yè qǔ zhōng wén zhé liǔ　hé rén bù qǐ gù yuánqíng

此夜曲中闻折柳，何人不起故园情。

【评介】

全篇诗紧扣一个“闻”字，抒写闻笛的感受。“折柳”二字，既指曲名又代表了一种习俗，一种场景，一种情绪。“何人不起故园情”，好像是在说别人，但第一个起故园之情的正是诗人。

① 洛城：今河南洛阳。

wàng tiān mén shān
望天门山

tiān mén zhōng duàn chǔ jiāng kāi　bì shuǐ dōng liú zhì cǐ huí
天门中断楚江开，碧水东流至此回。
liǎng àn qīng shān xiāng duì chū　gū fān yí piàn rì biān lái
两岸青山相对出，孤帆一片日边来。

【评介】

诗中所描绘的是远望之景。他不是站在岸上某一个地方遥望天门山，而是站在“日边来”的“一片孤帆”上。诗人不但逼真地表现了在舟行过程中“远望天门山”所见的景色，而且寓含了舟中人的新鲜喜悦之感。

yuè xià dú zhuó
月下独酌

huā jiān yì hú jiǔ　dú zhuó wú xiāng qīn
花间一壶酒，独酌无相亲。
jǔ bēi yāo míng yuè　duì yǐng chéng sān rén
举杯邀明月，对影成三人。
yuè jì bù jiě yǐn　yǐng tú suí wǒ shēn
月既不解饮，影徒随我身。
zàn bàn yuè jiāng yǐng　xíng lè xū jí chūn
暂伴月将影，行乐须及春。
wǒ gē yuè pái huái　wǒ wǔ yǐng líng luàn
我歌月徘徊，我舞影零乱。

xǐng shí tóng jiāo huān　zuì hòu gè fēn sàn
醒时同交欢，醉后各分散。
yǒng jié wú qíng yóu　xiāng qī miǎo yún hàn
永结无情游，相期邈云汉。

【评介】

此诗写月下独饮产生的想象，表现出作者孤独寂寞的心情。原诗四首，此为第一首。全诗明白如话，“脱口而出，纯乎天籁。”（沈德潜《唐诗别裁》）《唐诗三百首》引孙洙评：“题本独酌，诗偏幻出三人，月、影伴说，反复推勘，愈形其独。”

péi shì láng shū yóu dòng tíng zuì hòu
陪侍郎叔游洞庭醉后①

chǎn què jūn shān hǎo　píng pū xiāng shuǐ liú
刬却君山好，平铺湘水流。
bā líng wú xiàn jiǔ　zuì shā dòng tíng qiū
巴陵无限酒，醉杀洞庭秋。

【评介】

诗人异想天开，竟然要铲掉山岭，放任江流；他又设想这水便是美酒，陶醉了秋色，也陶醉了大自然。《唐诗摘钞》评：“放言无理，在诗家转有奇趣。”

---

① 唐肃宗乾元二年（759），李白族叔刑部侍郎李晔贬官岭南，行经岳州，与李白等同游洞庭湖，李白作此诗，抒写那想落天外的豪兴。原作三首，此为其三。

dú zuò jìng tíng shān

独坐敬亭山[①]

zhòng niǎo gāo fēi jìn gū yún dú qù xián
众鸟高飞尽，孤云独去闲。
xiāng kàn liǎng bú yàn zhǐ yǒu jìng tíng shān
相看两不厌，只有敬亭山。

【评介】

《诗法易简录》评："从不独处写出'独'字，倍觉警妙异常。"

◉杜 甫（712—770）

伟大的现实主义诗人。字子美，祖籍襄阳(今属湖北)，生于河南巩县。由于家风影响，自幼受儒学熏陶并爱好文学。早年曾漫游吴越、齐赵十余年，开阔了心胸视野。后入长安寻求仕进未果，安史之乱中曾陷入叛军占领区，后逃出投奔朝廷，任左拾遗。乱后漂泊巴蜀一带，病死于长沙至岳阳途中。原有诗集六十卷，已佚，现存诗一千四百余首。他一生长期接触下层人民生活，又亲历丧乱，当时的社会政治特别是安史之乱的重要事件都在其诗

---

① 此诗写于李白游安徽宣城之时。敬亭山即在宣城县北，上有敬亭。诗中表达了作者遗世独立的孤高情怀。

中得到反映，故有“诗史”之称。又以儒家仁民爱物思想同情关怀人民的不幸遭遇，故后世又尊之为“诗圣”。

杜诗内容上“浑涵汪茫，千汇万状”，形式上无体不精，风格“沉郁顿挫”，“律功精深”。其五言古诗，融古于今，包容博大，沉郁顿挫，夹叙夹议，诗中有文，是有诗以来的奇观。其七古，与李白一道代表了唐代这一诗体的最高成就。他把律诗发展到完全成熟的阶段，还写了一百首以上的绝句。他在艺术形式上学汉乐府体，而又“即事名篇，无复依傍”，对中唐白居易等人的新体乐府诗创作有直接启迪影响。元稹称他“上薄风雅，下该沈宋，言夺苏李，气吞曹刘，掩颜谢之孤高，杂徐庾之流丽，“尽得古今之体势，而兼人人之所独专”。

李白和杜甫，是我国诗歌史上雄视古今的“双子星座”，他们的创作对后世产生了极深远的影响。

wàng yuè

望岳

dài zōng fú rú hé　　qí lǔ qīng wèi liǎo

岱宗夫如何[1]？　齐鲁青未了。

zào huà zhōngshén xiù　　yīn yáng gē hūn xiǎo

造化钟神秀[2]，　阴阳割昏晓。

dàngxiōngshēngcéng yún　　jué zì rù guī niǎo

荡胸生层云，　决眦入归鸟。

huì dāng líng jué dǐng　　yì lǎn zhòngshān xiǎo

会当凌绝顶，　一览众山小。

---

① 岱宗：指泰山。岱是泰山的别称，宗是“长”的意思。

② 造化：大自然。钟神秀：聚集神奇秀美。

【评介】

咏叹泰山的名作，作者青年时代游齐鲁时所作。全诗的角度为“望”，其夸写泰山的高峻雄阔，以“齐鲁青未了”、“阴阳割昏晓”最为淋漓尽致。《唐诗选脉会通评林》周珽评：“只言片语，说得泰岳色气凛然，为万古开天名作。”杜甫写此诗正值盛唐、年轻，故豪迈、自信、乐观，不同中年以后的“沉郁顿挫”。

fángbīng cáo hú mǎ

房兵曹胡马①

hú mǎ dà yuānmíng fēngléngshòu gǔ chéng
胡马大宛名，锋棱瘦骨成。
zhú pī shuāng ěr jùn fēng rù sì tí qīng
竹批双耳峻，风入四蹄轻。
suǒ xiàng wú kōng kuò zhēn kān tuō sǐ shēng
所向无空阔，真堪托死生。
xiāo téng yǒu rú cǐ wàn lǐ kě héngxíng
骁腾有如此，万里可横行。

【评介】

此篇大约写于开元二十八、二十九年（740、741），是杜甫早期作品。《汇编唐诗十集》称之为“咏物诗最雄浑者”。张揔《唐风

① 兵曹：兵曹参军事之职的省称。房兵曹其人不详。胡马：指西北少数民族地区所产的马。

怀》评："词气落落，飞行万里之势，如在目中。区区摹写体贴以为咏物者，何足语此。"

huà yīng
画鹰

sù liàn fēngshuāng qǐ　cāngyīng huà zuò shū
素练风霜起，苍鹰画作殊。
sǒngshēn sī jiǎo tù　cè mù sì chóu hú
㩳身思狡兔，侧目似愁胡。
tāo xuànguāng kān zhāi　xuānyíng shì kě hū
绦镟光堪摘，轩楹势可呼。
hé dāng jī fán niǎo　máo xuè sǎ píng wú
何当击凡鸟，毛血洒平芜。

【评介】

这是一首题画诗，大约作于开元末年，属杜甫早期作品。浦起龙《读杜心解》评："乘风思奋之心，疾恶如仇之志，一齐揭出。"

tóng zhū gōng dēng cí ēn sì tǎ
同诸公登慈恩寺塔

gāo biāo kuà cāngqióng　liè fēng wú shí xiū
高标跨苍穹，烈风无时休。
zì fēi kuàng shì huái　dēng zī fān bǎi yōu
自非旷士怀，登兹翻百忧。

fāng zhī xiàng jiào lì　　zú kě zhuī míng sōu
方知象教力，足可追冥搜。
yǎng chuān lóng shé kū　　shǐ chū zhī chēng yōu
仰穿龙蛇窟，始出枝撑幽。
qī xīng zài běi hù　　hé hàn shēng xī liú
七星在北户，河汉声西流。
xī hé biān bái rì　　shào hào xíng qīng qiū
羲和鞭白日，少昊行清秋。
qín shān hū pò suì　　jīng wèi bù kě qiú
秦山忽破碎，泾渭不可求。
fǔ shì dàn yí qì　　yān néng biàn huáng zhōu
俯视但一气，焉能辨皇州？
huí shǒu jiào yú shùn　　cāng wú yún zhèng chóu
回首叫虞舜，苍梧云正愁。
xī zāi yáo chí yǐn　　rì yàn kūn lún qiū
惜哉瑶池饮，日晏昆仑丘。
huáng hú qù bù xī　　āi míng hé suǒ tóu
黄鹄去不息，哀鸣何所投？
jūn kàn suí yáng yàn　　gè yǒu dào liáng móu
君看随阳雁，各有稻粱谋。

【评介】

此诗为杜甫在天宝十一年(752)秋天登慈恩寺塔写的，是诗人前期创作中的一篇重要作品。原作自注：“时高适、薛据先有此作。”另外，岑参、储光羲也写了诗，此首为同题诸作中的压卷之作。钱谦益评：“高标烈风，登兹百忧，岌岌乎有飘摇崩析之恐，正起兴也。泾渭不可求，长安不可辨，所以回首而思叫虞舜”，“瑶池日晏，言天下将乱，而宴乐之不可以为常也”，说明了全篇主旨。

兵车行

bīng chē xíng

chē lín lín mǎ xiāo xiāo xíng rén gōng jiàn gè zài yāo
车辚辚，马萧萧，行人弓箭各在腰。

yé niáng qī zǐ zǒu xiāng sòng chén āi bú jiàn xián yáng qiáo
耶娘妻子走相送，尘埃不见咸阳桥。

qiān yī dùn zú lán dào kū kū shēng zhí shàng gān yún xiāo
牵衣顿足拦道哭，哭声直上干云霄。

dào páng guò zhě wèn xíng rén xíng rén dàn yún diǎn xíng pín
道旁过者问行人，行人但云点行频。

huò cóng shí wǔ běi fáng hé biàn zhì sì shí xī yíng tián
或从十五北防河，便至四十西营田。

qù shí lǐ zhèng yǔ guǒ tóu guī lái tóu bái hái shù biān
去时里正与裹头，归来头白还戍边。

biān tíng liú xuè chéng hǎi shuǐ wǔ huáng kāi biān yì wèi yǐ
边庭流血成海水，武皇开边意未已。

jūn bù wén hàn jiā shān dōng èr bǎi zhōu qiān cūn wàn luò shēng jīng qǐ
君不闻汉家山东二百州，千村万落生荆杞？

zòng yǒu jiàn fù bǎ chú lí hé shēng lǒng mǔ wú dōng xī
纵有健妇把锄犁，禾生陇亩无东西。

kuàng fù qín bīng nài kǔ zhàn bèi qū bú yì quǎn yǔ jī
况复秦兵耐苦战，被驱不异犬与鸡。

zhǎng zhě suī yǒu wèn yì fū gǎn shēn hèn
长者虽有问，役夫敢申恨？

qiě rú jīn nián dōng wèi xiū guān xī zú
且如今年冬，未休关西卒。

xiànguān jí suǒ zū　　zū shuì cóng hé chū
县官急索租，租税从何出？
xìn zhī shēng nán è　　fǎn shì shēng nǚ hǎo
信知生男恶，反是生女好：
shēng nǚ yóu dé jià bǐ lín　　shēng nán mái mò suí bǎi cǎo
生女犹得嫁比邻，生男埋没随百草。
jūn bú jiàn qīng hǎi tóu　　gǔ lái bái gǔ wú rén shōu
君不见青海头，古来白骨无人收。
xīn guǐ fán yuān jiù guǐ kū　　tiān yīn yǔ shī shēng jiū jiū
新鬼烦冤旧鬼哭，天阴雨湿声啾啾。

【评介】

此诗写于安史之乱前，是杜甫较早反映民生疾苦的作品。唐玄宗时穷兵黩武，开疆拓土，不断发动对外战争，造成士兵伤亡，家人离散，农田荒芜，生产凋敝，杜甫此诗便针对此而作。通过一个生离死别的送行场面和士兵的苦诉，抨击唐王朝的黩武政策。形式上采用歌行体，是“即事名篇，无复依傍”的新题乐府。杨伦《杜诗镜铨》评：“通篇设为役夫问答之词，乃风人遗格。”《汇编唐诗十集》吴逸一评：“语杂歌谣，最易感人，愈浅愈切。”

chūn rì yì lǐ bái
春日忆李白

bái yě shī wú dí　　piāo rán sī bù qún
白也诗无敌，飘然思不群。

qīng xīn yǔ kāi fǔ　　jùn yì bào cān jūn
清新庾开府，俊逸鲍参军[①]。
wèi běi chūn tiān shù　　jiāng dōng rì mù yún
渭北春天树，江东日暮云。
hé shí yì zūn jiǔ　　chóng yǔ xì lùn wén
何时一樽酒，重与细论文？

【评介】

此诗大约写于天宝五、六年(746、747)，当时杜甫居留长安，李白正漫游江南。被古人称赏的是颈联二句，在议论中忽然插入景物，既点了"春日"之题，又使作品摇曳多姿。"景化为情，造句三昧也。似不用力，十分沉着。"(张谦宜《絸斋诗谈》)

qián chū sài　wǎn gōng dāng wǎn qiáng
前出塞(挽弓当挽强)

wǎn gōng dāng wǎn qiáng　yòng jiàn dāng yòng cháng
挽弓当挽强，用箭当用长。
shè rén xiān shè mǎ　　qín zéi xiān qín wáng
射人先射马，擒贼先擒王。
shā rén yì yǒu xiàn　　liè guó zì yǒu jiāng
杀人亦有限，列国自有疆。
gǒu néng zhì qīn líng　　qǐ zài duō shā shāng
苟能制侵陵，岂在多杀伤。

① "清新"二句：谓李白诗清新犹如庾信，俊逸犹如鲍照。庾信为南北朝时期北朝诗人，鲍照为南朝刘宋诗人。

【评介】

《前出塞》写天宝末年哥舒翰征伐吐蕃的时事，意在讽刺唐玄宗的开边黩武。本篇原列第六首，以立意高、正气宏、富哲理、有气势赢得人们喜爱。前四句，两个"当"两个"先"，妙语连珠，开人胸臆，黄生说它"似谣似谚，最是乐府妙境"。后四句，"大经济语，借戍卒口说出"(张远《杜诗会粹》)。浦起龙《读杜心解》评："上四如此飞腾，下四忽然掠转，兔起鹘落，如是，如是。"所谓"飞腾"、"掠转"，指作品中奔腾的气势和波澜；所谓"兔起鹘落"，指在奔腾的气势中自然地逼出"拥强兵而反黩武"的深邃主旨。

lì rén xíng

丽人行

sān yuè sān rì tiān qì xīn　cháng ān shuǐ biān duō lì rén

三月三日天气新，长安水边多丽人。

tài nóng yì yuǎn shū qiě zhēn　jī lǐ xì nì gǔ ròu yún

态浓意远淑且真，肌理细腻骨肉匀。

xiù luó yī cháng zhào mù chūn　cù jīn kǒng què yín qí lín

绣罗衣裳照暮春，蹙金孔雀银麒麟。

tóu shàng hé suǒ yǒu　cuì wéi è yè chuí bìn chún

头上何所有？翠为匐叶垂鬓唇。

bèi hòu hé suǒ jiàn　zhū yā yāo jié wěn chèng shēn

背后何所见？珠压腰衱稳称身。

jiù zhōng yún mù jiāo fáng qīn　cì míng dà guó guó yǔ qín

就中云幕椒房亲，赐名大国虢与秦。

zǐ tuó zhī fēng chū cuì fǔ　　shuǐ jīng zhī pán xíng sù lín
紫驼之峰出翠釜，　水精之盘行素鳞。
xī zhù yàn yù jiǔ wèi xià　　luán dāo lǚ qiē kōng fēn lún
犀箸厌饫久未下，　鸾刀缕切空纷纶。
huáng mén fēi kòng bú dòng chén　　yù chú luò yì sòng bā zhēn
黄门飞鞚不动尘，御厨络绎送八珍。
xiāo gǔ āi yín gǎn guǐ shén　　bīn zòng zá tà shí yào jīn
箫鼓哀吟感鬼神，　宾从杂遝实要津。
hòu lái ān mǎ hé qūn xún　　dāng xuān xià mǎ rù jǐn yīn
后来鞍马何逡巡，　当轩下马入锦茵。
yáng huā xuě luò fù bái píng　　qīng niǎo fēi qù xián hóng jīn
杨花雪落覆白蘋，　青鸟飞去衔红巾。
zhì shǒu kě rè shì jué lún　　shèn mò jìn qián chéng xiāng chēn
炙手可热势绝伦，　慎莫近前丞相嗔！

【评介】

《丽人行》为杜甫自创的乐府新题，大约写于天宝十二年(753)，当时杨贵妃擅宠后宫，杨氏一门炙手可热，势倾天下。诗中通过铺张描写讽刺了他们骄奢淫靡的生活。古人评："通篇俱描画豪贵浓艳之景，而讽刺自在言外。"(《唐诗快》)"无一刺讥语，描摹处，语语刺讥；无一慨叹声，点逗处，声声慨叹。"(《读杜心解》)

chūn wàng
春望

guó pò shān hé zài　　chéng chūn cǎo mù shēn
国破山河在，　城春草木深。

gǎn shí huā jiàn lèi　　hèn bié niǎo jīng xīn
感时花溅泪，恨别鸟惊心。
fēng huǒ lián sān yuè　　jiā shū dǐ wàn jīn
烽火连三月，家书抵万金。
bái tóu sāo gèng duǎn　　hún yù bù shēng zān
白头搔更短，浑欲不胜簪。

【评介】

此诗为杜甫身陷叛军占领的长安时所作，前四句写景，阔大，凄异，含无限感慨。司马光《温公续诗话》评："山河在，明无余物矣；草木深，明无人矣；花鸟，平时可娱之物，见之而泣，闻之而悲，则时可知矣。"此诗情景兼具而不游离，感情强烈而不浅露，内容丰富而不芜杂，意脉贯通而不平直，格律严谨而不板滞，铿然作响，气度浑灏，一千多年来脍炙人口。

āi jiāng tóu
哀江头

shào líng yě lǎo tūn shēng kū　　chūn rì qián xíng qū jiāng qū
少陵野老吞声哭，春日潜行曲江曲。
jiāng tóu gōng diàn suǒ qiān mén　　xì liǔ xīn pú wèi shuí lǜ
江头宫殿锁千门，细柳新蒲为谁绿？
yì xī ní jīng xià nán yuàn　　yuàn zhōng wàn wù shēng yán sè
忆昔霓旌下南苑，苑中万物生颜色。
zhāo yáng diàn lǐ dì yì rén　　tóng niǎn suí jūn shì jūn cè
昭阳殿里第一人，同辇随君侍君侧。
niǎn qián cái rén dài gōng jiàn　　bái mǎ jiáo niè huáng jīn lè
辇前才人带弓箭，白马嚼啮黄金勒。

fān shēn xiàng tiān yǎng shè yún　　yí xiào zhèng zhuì shuāng fēi yì
翻身向天仰射云，一笑正坠双飞翼。
míng móu hào chǐ jīn hé zài　　xuè wū yóu hún guī bù dé
明眸皓齿今何在？血污游魂归不得。
qīng wèi dōng liú jiàn gé shēn　　qù zhù bǐ cǐ wú xiāo xi
清渭东流剑阁深，去住彼此无消息。
rén shēng yǒu qíng lèi zhān yì　　jiāng shuǐ jiāng huā qǐ zhōng jí
人生有情泪沾臆，江水江花岂终极？
huáng hūn hú jì chén mǎn chéng　　yù wǎng chéng nán wàng chéng běi
黄昏胡骑尘满城，欲往城南望城北。

【评介】

唐肃宗至德元年(756)秋天，杜甫离开郎州去投奔刚即位的唐肃宗，不巧被安史叛军抓获，带到沦陷了的长安。旧地重来，触景伤怀，诗人的内心是十分痛苦的。第二年春天，诗人沿长安城东南的曲江行走，感慨万千，哀恸欲绝，《哀江头》就是当时心情的真实记录。全篇所表现的，是对国破家亡的深哀巨痛。“其词气如百金战马，注坡蓦涧，如履平地。”(《诗人玉屑》)

qiāng cūn sān shǒu
羌村三首

zhēng róng chì yún xī　　rì jiǎo xià píng dì
峥嵘赤云西，日脚下平地。
chái mén niǎo què zào　　guī kè qiān lǐ zhì
柴门鸟雀噪，归客千里至。
qī nú guài wǒ zài　　jīng dìng huán shì lèi
妻孥怪我在，惊定还拭泪。

shì luàn zāo piāodàng　　shēnghuán ǒu rán suì
世乱遭飘荡，　生还偶然遂。
lín rén mǎnqiáng tóu　　gǎn tàn yì xū xī
邻人满墙头，　感叹亦歔欷。
yè lán gèngbǐng zhú　　xiāng duì rú mèng mèi
夜阑更秉烛，　相对如梦寐。

wǎn suì pò tōu shēng　　huán jiā shǎohuān qù
晚岁迫偷生，　还家少欢趣。
jiāo ér bù lí xī　　wèi wǒ fù què qù
娇儿不离膝，　畏我复却去。
yì xī hǎo zhuīliáng　　gù rào chí biān shù
忆昔好追凉，　故绕池边树。
xiāo xiāo běi fēng jìn　　fǔ shì jiān bǎi lǜ
萧萧北风劲，　抚事煎百虑。
lài zhī hé shǔ shōu　　yǐ jué zāo chuáng zhù
赖知禾黍收，　已觉糟床注。
rú jīn zú zhēnzhuó　　qiě yòng wèi chí mù
如今足斟酌，　且用慰迟暮。

qún jī zhèngluàn jiào　　kè zhì jī dòu zhēng
群鸡正乱叫，　客至鸡斗争。
qū jī shàng shù mù　　shǐ wén kòu chái jīng
驱鸡上树木，　始闻叩柴荆。
fù lǎo sì wǔ rén　　wèn wǒ jiǔ yuǎnxíng
父老四五人，　问我久远行。
shǒuzhōng gè yǒu xié　　qīng kē zhuó fù qīng
手中各有携，　倾榼浊复清。

kǔ cí jiǔ wèi báo　　shǔ dì wú rén gēng
苦辞酒味薄，　黍地无人耕。
bīng gé jì wèi xī　　ér tóng jìn dōngzhēng
兵革既未息，　儿童尽东征。
qǐng wéi fù lǎo gē　　jiān nán kuì shēnqíng
请为父老歌，　艰难愧深情。
gē bà yǎng tiān tàn　　sì zuò lèi zònghéng
歌罢仰天叹，　四座泪纵横。

【评介】

《羌村三首》写于唐肃宗至德二年(757)。该年四月，杜甫由叛军所占领的长安逃出，奔到朝廷驻地凤翔(在今陕西省)任左拾遗。八月，被放还羌村(在今陕西富县南)探家。

这三首写归家后的情景，“真语流露，不假雕饰，而情文并至”(《唐宋诗醇》)。

zèng wèi bā chǔ shì
赠卫八处士

rén shēng bù xiāng jiàn　　dòng rú shēn yǔ shāng
人生不相见，　动如参与商。
jīn xī fù hé xī　　gòng cǐ dēng zhú guāng
今夕复何夕，　共此灯烛光。
shàozhuàngnéng jǐ shí　　bìn fà gè yǐ cāng
少壮能几时？　鬓发各已苍。
fǎng jiù bàn wéi guǐ　　jīng hū rè zhōngcháng
访旧半为鬼，　惊呼热中肠。

yān zhī èr shí zǎi　　chóngshàng jūn zǐ táng
焉知二十载，　重上君子堂。
xī bié jūn wèi hūn　　ér nǚ hū chéngháng
昔别君未婚，　儿女忽成行。
yí rán jìng fù zhí　　wèn wǒ lái hé fāng
怡然敬父执，　问我来何方。
wèn dá nǎi wèi yǐ　　qū ér luó jiǔ jiāng
问答乃未已，　驱儿罗酒浆。
yè yǔ jiǎn chūn jiǔ　　xīn chuī jiàn huángliáng
夜雨剪春韭，　新炊间黄粱。
zhǔ chēng huì miàn nán　　yì jǔ lěi shí shāng
主称会面难，　一举累十觞。
shí shāng yì bú zuì　　gǎn zǐ gù yì cháng
十觞亦不醉，　感子故意长。
míng rì gé shān yuè　　shì shì liǎngmángmáng
明日隔山岳，　世事两茫茫。

【评介】

此诗感人集中在一个“真”字上。朱云荆《增订唐诗摘钞》评：“只是真，便不可及，真则熟而常新。”

shí háo lì
石壕吏

mù tóu shí háo cūn　　yǒu lì yè zhuō rén
暮投石壕村，　有吏夜捉人。
lǎo wēng yú qiáng zǒu　　lǎo fù chū mén kàn
老翁逾墙走，　老妇出门看。

lì hū yì hé nù　　fù tí yì hé kǔ
吏呼一何怒，妇啼一何苦！
tīng fù qián zhì cí　　sān nán yè chéng shù
听妇前致词：三男邺城戍。
yì nán fù shū zhì　　èr nán xīn zhàn sǐ
一男附书至，二男新战死。
cún zhě qiě tōu shēng　　sǐ zhě cháng yǐ yǐ
存者且偷生，死者长已矣。
shì zhōng gèng wú rén　　wéi yǒu rǔ xià sūn
室中更无人，惟有乳下孙。
yǒu sūn mǔ wèi qù　　chū rù wú wán qún
有孙母未去，出入无完裙。
lǎo yù lì suī shuāi　　qǐng cóng lì yè guī
老妪力虽衰，请从吏夜归。
jí yìng hé yáng yì　　yóu dé bèi chén chuī
急应河阳役，犹得备晨炊。
yè jiǔ yǔ shēng jué　　rú wén qì yōu yè
夜久语声绝，如闻泣幽咽。
tiān míng dēng qián tú　　dú yǔ lǎo wēng bié
天明登前途，独与老翁别。

【评介】

唐肃宗乾元二年(759)，杜甫从洛阳家中回华州任所(时任华州司功参军)，路经石壕(在今河南省陕县东南)，目睹县吏拉夫写下这首诗。此篇与《新安吏》、《潼关吏》合称“三吏”。

新婚别
xīn hūn bié

tù sī fù péng má　yǐn màn gù bù cháng
兔丝附蓬麻，引蔓故不长。
jià nǚ yǔ zhēng fū　bù rú qì lù páng
嫁女与征夫，不如弃路旁。
jié fà wéi jūn qī　xí bù nuǎn jūn chuáng
结发为君妻，席不暖君床。
mù hūn chén gào bié　wú nǎi tài cōngmáng
暮婚晨告别，无乃太匆忙！
jūn xíng suī bù yuǎn　shǒubiān fù hé yáng
君行虽不远，守边赴河阳。
qiè shēn wèi fēn míng　hé yǐ bài gū zhāng
妾身未分明，何以拜姑嫜？
fù mǔ yǎng wǒ shí　rì yè lìng wǒ cáng
父母养我时，日夜令我藏。
shēng nǚ yǒu suǒ guī　jī gǒu yì dé jiāng
生女有所归，鸡狗亦得将。
jūn jīn wǎng sǐ dì　chéntòng pò zhōngcháng
君今往死地，沉痛迫中肠。
shì yù suí jūn qù　xíng shì fǎn cānghuáng
誓欲随君去，形势反苍黄。
wù wéi xīn hūn niàn　nǔ lì shì rónghάng
勿为新婚念，努力事戎行。
fù rén zài jūn zhōng　bīng qì kǒng bù yáng
妇人在军中，兵气恐不扬。

zì jiē pín jiā nǚ　　jiǔ zhì luó rú cháng
自嗟贫家女，　久致罗襦裳。
luó rú bú fù shī　　duì jūn xǐ hóngzhuāng
罗襦不复施，　对君洗红妆。
yǎng shì bǎi niǎo fēi　　dà xiǎo bì shuāngxiáng
仰视百鸟飞，　大小必双翔。
rén shì duō cuò wǔ　　yǔ jūn yǒngxiāngwàng
人事多错迕，　与君永相望。

【评介】

此诗也是乾元二年(759)杜甫由洛阳回华州途中据所见所闻而作。此篇与《垂老别》、《无家别》合称“三别”。

jiā rén
佳人

jué dài yǒu jiā rén　　yōu jū zài kōng gǔ
绝代有佳人，　幽居在空谷。
zì yún liáng jiā zǐ　　líng luò yī cǎo mù
自云良家子，　零落依草木。
guānzhōng xī sāng bài　　xiōng dì zāo shā lù
关中昔丧败，　兄弟遭杀戮。
guān gāo hé zú lùn　　bù dé shōu gǔ ròu
官高何足论？　不得收骨肉。
shì qíng è shuāi xiē　　wàn shì suí zhuǎn zhú
世情恶衰歇，　万事随转烛。
fū xù qīng bó ér　　xīn rén měi rú yù
夫婿轻薄儿，　新人美如玉。

hé hūn shàng zhī shí　　yuānyāng bù dú sù
合昏尚知时，　鸳鸯不独宿。
dàn jiàn xīn rén xiào　　nǎ wén jiù rén kū
但见新人笑，　那闻旧人哭？
zài shānquán shuǐ qīng　　chū shānquán shuǐ zhuó
在山泉水清，　出山泉水浊。
shì bì mài zhū huí　　qiān luó bǔ máo wū
侍婢卖珠回，　牵萝补茅屋。
zhāi huā bù chā fà　　cǎi bǎi dòngyíng jū
摘花不插发，　采柏动盈掬。
tiān hán cuì xiù báo　　rì mù yǐ xiū zhú
天寒翠袖薄，　日暮倚修竹。

【评介】

此诗作于乾元二年(759)秋，写战乱中一个弃妇的痛苦，同时有着杜甫弃官后自我写照的意味。诗的前半部分是“佳人”自陈身世，后半部分是她议论抒情，“结处只用写景，不跟着议论，而洁贞正意，自隐然言外”(沈德潜《唐诗别裁》)。

shǔ xiàng
蜀相①

shǔ xiàng cí táng hé chù xún　　jǐn guānchéng wài bǎi sēn sēn
蜀相祠堂何处寻？锦官城外柏森森。

① 蜀相：即三国时蜀国丞相诸葛亮，后人在成都南郊建造武侯祠，以表纪念。此诗是作者初到成都时所作，表达对诸葛亮的钦敬追怀之情。

yìng jiē bì cǎo zì chūn sè gé yè huáng lí kōng hǎo yīn
映阶碧草自春色，隔叶黄鹂空好音。
sān gù pín fán tiān xià jì liǎng cháo kāi jì lǎo chén xīn
三顾频烦天下计，两朝开济老臣心①。
chū shī wèi jié shēn xiān sǐ cháng shǐ yīng xióng lèi mǎn jīn
出师未捷身先死，长使英雄泪满襟。

【评介】

《唐诗选脉会通评林》评：“次联只用一‘自’字与‘空’字，有无限感怆之意。”《唐七律隽》评：“悲凉慷慨，吊古深情，淋漓于楮墨之间。”

xì tí wáng zǎi huà shān shuǐ tú gē
戏题王宰画山水图歌

shí rì huà yì shuǐ wǔ rì huà yì shí néng shì bú shòu xiāng cù
十日画一水，五日画一石。能事不受相促
pò wáng zǎi shǐ kěn liú zhēn jì zhuàng zāi kūn lún fāng hú tú guà jūn
迫，王宰始肯留真迹。壮哉昆仑方壶图，挂君
gāo táng zhī sù bì bā líng dòng tíng rì běn dōng chì àn shuǐ yǔ yín hé
高堂之素壁。巴陵洞庭日本东，赤岸水与银河
tōng zhōng yǒu yún qì suí fēi lóng zhōu rén yú zǐ rù pǔ xù shān mù jìn
通，中有云气随飞龙。舟人渔子入浦溆，山木尽
yà hóng tāo fēng yóu gōng yuǎn shì gǔ mò bǐ zhǐ chǐ yīng xū lùn wàn lǐ
亚洪涛风。尤工远势古莫比，咫尺应须论万里。

① 频烦：即“频繁”。两朝：蜀帝刘备及后主刘禅。开济：开创帝业，匡济朝政。

yān dé bīngzhōukuài jiǎn dāo　jiǎn qǔ wú sōng bàn jiāngshuǐ
焉得并州快剪刀，剪取吴淞半江水。

【评介】

杜甫定居成都，认识著名山水画家王宰，应邀作此诗。通过他的神来之笔，为后人再现了这幅气势恢宏的山水图，诗情画意，无不令人赏心悦目。首四句不谈画先写人，极力赞扬王宰严肃认真一丝不苟的创作态度。中间五句，从仄声韵转押平声东、钟韵，用昂扬铿锵的音调描摹画面上的奇伟水势，诗人着意渲染风猛、浪高、水急，使整个画面神韵飞动。这样巨大的艺术魅力是怎样产生的呢？诗人进一步评论王宰无与伦比的绘画技巧。

chūn yè xǐ yǔ
春夜喜雨

hǎo yǔ zhī shí jié　dāngchūn nǎi fā shēng
好雨知时节，当春乃发生。
suí fēngqián rù yè　rùn wù xì wú shēng
随风潜入夜，润物细无声。
yě jìng yún jù hēi　jiāngchuán huǒ dú míng
野径云俱黑，江船火独明。
xiǎo kàn hóng shī chù　huā zhòng jǐn guānchéng
晓看红湿处，花重锦官城。

【评介】

此诗描写春夜雨景，“喜意都从罅缝里迸透”（《读杜心解》）。

kè zhì

客至

shè nán shè běi jiē chūnshuǐ dàn jiàn qún ōu rì rì lái

舍南舍北皆春水，但见群鸥日日来。

huā jìng bù céngyuán kè sǎo péngmén jīn shǐ wéi jūn kāi

花径不曾缘客扫，蓬门今始为君开。

pán sūn shì yuǎn wú jiān wèi zūn jiǔ jiā pín zhǐ jiù pēi

盘飧市远无兼味，樽酒家贫只旧醅。

kěn yǔ lín wēngxiāng duì yǐn gé lí hū qǔ jìn yú bēi

肯与邻翁相对饮，隔篱呼取尽余杯。

【评介】

此诗写的是一个富有情趣的生活场景，诗人诚朴好客的性格特点跃然纸上。结尾两句，可谓峰回路转，别开境界。

máo wū wéi qiū fēng suǒ pò gē

茅屋为秋风所破歌

bā yuè qiū gāo fēng nù háo juǎn wǒ wū shàng sān chóng máo máo fēi

八月秋高风怒号，卷我屋上三重茅。茅飞

dù jiāng sǎ jiāngjiāo gāo zhě guà juànchángl ín shāo xià zhě piāozhuǎnchéntáng

渡江洒江郊，高者挂罥长林梢，下者飘转沉塘

ào nán cūn qún tóng qī wǒ lǎo wú lì rěn néng duì miàn wéi dào zéi gōng

坳。南村群童欺我老无力，忍能对面为盗贼，公

rán bào máo rù zhú qù chún jiāo kǒu zào hū bù dé guī lái yǐ zhàng zì

然抱茅入竹去。唇焦口燥呼不得，归来倚杖自

tàn xī é qǐngfēngdìng yún mò sè qiū tiān mò mò xiàng hūn hēi bù qīn
叹息。俄顷风定云墨色，秋天漠漠向昏黑。布衾
duō niánlěng sì tiě jiāo ér è wò tà lǐ liè chuáng tóu wū lòu wú gān
多年冷似铁，骄儿恶卧踏里裂。床头屋漏无干
chù yǔ jiǎo rú má wèi duàn jué zì jīng sāng luàn shǎo shuì mián cháng yè
处，雨脚如麻未断绝。自经丧乱少睡眠，长夜
zhān shī hé yóu chè ān dé guǎng shà qiān wàn jiān dà bì tiān xià hán shì jù
沾湿何由彻！安得广厦千万间，大庇天下寒士俱
huān yán fēng yǔ bú dòng ān rú shān wū hū hé shí yǎn qián tū wū xiàn
欢颜，风雨不动安如山！呜呼！何时眼前突兀见
cǐ wū wú lú dú pò shòudòng sǐ yì zú
此屋，吾庐独破受冻死亦足！

【评介】

清陈明善《十八家诗钞》评此诗：“沉雄壮阔，奇繁变化，此老独擅。”此诗述事、议理、抒怀极有层次。开头五句，突兀而起，飘转而去，题中“茅屋”、“秋风”、“破”俱已完足。“南村群童”五句节外生枝，起小波澜，儿童的恶作剧与老翁的愤愤然皆栩栩如生。“俄顷”以下八句，写被破，写屋漏，写少眠。结尾五句，念及天下，变陈述为呼号，七言为长句，尤其“呜呼”二句，异想天开，“固是曲终余意，亦是通篇大结”(《杜臆》)。

wénguān jūn shōu hé nán hé běi
闻官军收河南河北

jiàn wài hū chuánshōu jì běi chū wén tì lèi mǎn yī cháng
剑外忽传收蓟北，初闻涕泪满衣裳。

què kàn qī zǐ chóu hé zài　　mànjuǎn shī shū xǐ yù kuáng
却看妻子愁何在，　漫卷诗书喜欲狂。
bái rì fàng gē xū zòng jiǔ　　qīngchūn zuò bàn hǎo huánxiāng
白日放歌须纵酒，　青春作伴好还乡。
jí cóng bā xiá chuān wū xiá　　biàn xià xiāngyángxiàng luò yáng
即从巴峡穿巫峡，　便下襄阳向洛阳。

【评介】

杜甫"生平第一首快诗"(《读杜心解》)。唐代宗广德元年(763)春，官军收复黄河南北，长达八年的安史之乱行将结束，杜甫闻讯后激情洋溢地写下此诗，表达他无比喜悦的心情。黄周星《唐诗快》评："如长江放流，骏马注坡，直是一往奔腾，不可收拾。"

dēng lóu
登楼

huā jìn gāo lóu shāng kè xīn　　wàn fāng duō nàn cǐ dēng lín
花近高楼伤客心，　万方多难此登临。
jǐn jiāngchūn sè lái tiān dì　　yù lěi fú yún biàn gǔ jīn
锦江春色来天地，　玉垒浮云变古今。
běi jí cháotíng zhōng bù gǎi　　xī shān kòu dào mò xiāng qīn
北极朝廷终不改，　西山寇盗莫相侵。
kě lián hòu zhǔ hái cí miào　　rì mù liáo wéi liáng fǔ yín
可怜后主还祠庙，　日暮聊为梁甫吟。

【评介】

此诗融自然景象、国家灾难、个人情思为一体，语壮境阔，寄慨遥深。

dān qīng yǐn zèng cáo jiāng jūn bà

丹青引赠曹将军霸[1]

jiāng jūn wèi wǔ zhī zǐ sūn yú jīn wéi shù wéi qīng mén
将军魏武之子孙，于今为庶为清门。
yīng xióng gē jù suī yǐ yǐ wén cǎi fēng liú jīn shàng cún
英雄割据虽已矣，文采风流今尚存。
xué shū chū xué wèi fū rén dàn hèn wú guò wáng yòu jūn
学书初学卫夫人，但恨无过王右军。
dān qīng bù zhī lǎo jiāng zhì fù guì yú wǒ rú fú yún
丹青不知老将至，富贵于我如浮云。
kāi yuán zhī zhōng cháng yǐn jiàn chéng ēn shū shàng nán xūn diàn
开元之中常引见，承恩数上南薰殿。
líng yān gōng chén shǎo yán sè jiāng jūn xià bǐ kāi shēng miàn
凌烟功臣少颜色，将军下笔开生面。
liáng xiàng tóu shàng jìn xián guān měng jiàng yāo jiān dà yǔ jiàn
良相头上进贤冠，猛将腰间大羽箭。
bāo gōng è gōng máo fà dòng yīng zī sà shuǎng lái hān zhàn
褒公鄂公毛发动，英姿飒爽来酣战。

① 此诗是唐代宗广德年间，杜甫在蜀地遇到名画家曹霸时所作。曹霸是曹操的后裔，开元中已成名，以善画马与人物著称，曾为左武卫将军。

xiān dì yù mǎ yù huā cōng　　huà gōng rú shān mào bù tóng
先帝御马玉花骢，　画工如山貌不同。
shì rì qiān lái chì chí xià　　jiǒng lì chāng hé shēng cháng fēng
是日牵来赤墀下，　迥立阊阖生长风。
zhào wèi jiāng jūn fú juàn sù　　yì jiàng cǎn dàn jīng yíng zhōng
诏谓将军拂绢素，　意匠惨淡经营中。
sī xū jiǔ chóng zhēn lóng chū　　yì xǐ wàn gǔ fán mǎ kōng
斯须九重真龙出，　一洗万古凡马空。
yù huā què zài yù tà shàng　　tà shàng tíng qián yì xiāng xiàng
玉花却在御榻上，　榻上庭前屹相向。
zhì zūn hán xiào cuī cì jīn　　yǔ rén tài pú jiē chóu chàng
至尊含笑催赐金，　圉人太仆皆惆怅。
dì zǐ hán gàn zǎo rù shì　　yì néng huà mǎ qióng shū xiàng
弟子韩幹早入室，　亦能画马穷殊相。
gàn wéi huà ròu bú huà gǔ　　rěn shǐ huá liú qì diāo sàng
幹惟画肉不画骨，　忍使骅骝气凋丧。
jiāng jūn huà shàn gài yǒu shén　　bì féng jiā shì yì xiě zhēn
将军画善盖有神，　必逢佳士亦写真。
jí jīn piāo bó gān gē jì　　lǚ mào xún cháng xíng lù rén
即今飘泊干戈际，　屡貌寻常行路人。
tú qióng fǎn zāo sú yǎn bái　　shì shàng wèi yǒu rú gōng pín
途穷反遭俗眼白，　世上未有如公贫。
dàn kàn gǔ lái shèng míng xià　　zhōng rì kǎn lǎn chán qí shēn
但看古来盛名下，　终日坎壈缠其身。

【评介】

《唐诗解》评此诗："波澜迭出，分外争奇，却一气混成，真乃匠心独运之笔。"

宿府

sù fǔ

qīng qiū mù fǔ jǐng wú hán　dú sù jiāngchéng là jù cán
清秋幕府井梧寒，独宿江城蜡炬残。
yǒng yè jiǎo shēng bēi zì yǔ　zhōng tiān yuè sè hǎo shuí kān
永夜角声悲自语，中天月色好谁看？
fēngchén rěn rǎn yīn shū jué　guān sài xiāo tiáo xíng lù nán
风尘荏苒音书绝，关塞萧条行路难。
yǐ rěn língpīng shí nián shì　qiáng yí qī xī yì zhī ān
已忍伶俜十年事，强移栖息一枝安。

【评介】

“宿府”，留宿幕府的意思。代宗广德二年(764)六月，新任成都尹兼剑南节度使严武保荐杜甫为节度使幕府的参谋，杜甫长期“独宿”幕府，此诗写于这一年秋天。其中的“独宿”二字是诗之眼。前两联写“独宿”之景，情含景中。

后两联抒“独宿”之情。尾联“强移”二字表明自己并不愿意来占这幕府中的“一枝”，一个“安”字不过是诗人无可奈何的自我解嘲。

旅夜书怀

lǚ yè shū huái

xì cǎo wēi fēng àn　wēi qiáng dú yè zhōu
细草微风岸，危樯独夜舟。

xīng chuí píng yě kuò　yuè yǒng dà jiāng liú
星垂平野阔，月涌大江流。
míng qǐ wén zhāng zhù　guān yīng lǎo bìng xiū
名岂文章著，官应老病休。
piāo piāo hé suǒ sì　tiān dì yì shā ōu
飘飘何所似？天地一沙鸥。

【评介】

前四句写“旅夜”，“星垂平野阔，月涌大江流”是名句，与李白“山随平野尽，江入大荒流”同为古人激赏。后四句“书怀”，“官应老病休”是要紧点。“官”为上书言事被免，却说老病应休。

qiū xìng　yù lù diāo shāng fēng shù lín
秋兴(玉露凋伤枫树林)

yù lù diāo shāng fēng shù lín　wū shān wū xiá qì xiāo sēn
玉露凋伤枫树林，巫山巫峡气萧森。
jiāng jiān bō làng jiān tiān yǒng　sài shàng fēng yún jiē dì yīn
江间波浪兼天涌，塞上风云接地阴。
cóng jú liǎng kāi tā rì lèi　gū zhōu yì jì gù yuán xīn
丛菊两开他日泪，孤舟一系故园心。
hán yī chù chù cuī dāo chǐ　bái dì chéng gāo jí mù zhēn
寒衣处处催刀尺，白帝城高急暮砧。

【评介】

《秋兴》八首是大历元年(766)杜甫五十五岁旅居夔州时的作

品，体现了诗人的晚年的思情和艺术成就。诗境的雄阔，诗意的沉郁，心事的浩茫，是杜诗所特有的。八首诗，正如一个大型抒情乐曲有八个乐章一样，是一个整体，不宜拆开，亦不可颠倒。王嗣爽《杜臆》指出："秋兴八首，以第一首起兴，而后七首俱发中怀；或承上，或起下，或互相发，或遥相应，总是一篇文字……"此为第一首，是组诗的序曲，通过对巫山巫峡秋色秋声的描绘，抒发了诗人忧国之情和孤独抑郁之恐，诗意落在"丛菊两开他日泪，孤舟一系故园心"上，下启二、三首。

qiū xìng qiān jiā shān guō jìng zhāo huī

秋兴（千家山郭静朝晖）

qiān jiā shān guō jìng zhāo huī rì rì jiāng lóu zuò cuì wēi

千家山郭静朝晖，日日江楼坐翠微。

xìn sù yú rén hái fàn fàn qīng qiū yàn zǐ gù fēi fēi

信宿渔人还泛泛，清秋燕子故飞飞。

kuāng héng kàng shū gōng míng báo liú xiàng chuán jīng xīn shì wéi

匡衡抗疏功名薄，刘向传经心事违。

tóng xué shào nián duō bú jiàn wǔ líng yī mǎ zì qīng féi

同学少年多不贱，五陵衣马自轻肥。

【评介】

此为组诗第三首，写晨曦中的夔府，是第二首的延伸。诗人独坐江楼，秋气清明，江色宁静，而这种宁静带给作者的却是烦扰不安。

qiū xìng　wén dào cháng ān　sì　yì　qí

秋兴(闻道长安似弈棋)

wén dào cháng ān　sì　yì　qí　　bǎi nián shì　shì　bù shèng bēi

闻道长安似弈棋，百年世事不胜悲。

wáng hóu　dì　zhái　jiē　xīn　zhǔ　　wén　wǔ　yī guān　yì　xī　shí

王侯第宅皆新主，文武衣冠异昔时。

zhí　běi guānshān jīn　gǔ　zhèn　　zhēng　xī　chē　mǎ　yǔ　shū　chí

直北关山金鼓振，征西车马羽书驰。

yú lóng　jì　mò　qiū jiānglěng　　gù　guó píng　jū　yǒu　suǒ　sī

鱼龙寂寞秋江冷，故国平居有所思。

【评介】

此为组诗第四首，是组诗的前后过渡。前三首诗的忧郁不安，步步紧逼，至此接触到“每依北斗望京华”的核心：人事的更变，纲纪的崩坏，以及回纥、吐蕃的连年进犯，这一切使诗人深感国运大非昔比。当此国家残破、秋江清冷、个人孤独之际，所熟悉的长安景象一一浮现眼前，“故国平居有所思”一句挑出以下四首。

qiū xìng　kūn wú　yù　sù　zì　wēi　yí

秋兴(昆吾御宿自逶迤)

kūn　wú　yù　sù　zì　wēi　yí　　zǐ　gé fēng yīn　rù　měi　bēi

昆吾御宿自逶迤，紫阁峰阴入渼陂。

xiāng dào zhuó　yú　yīng　wǔ　lì　　bì　wú　qī　lǎo fènghuáng zhī

香稻啄余鹦鹉粒，碧梧栖老凤凰枝。

jiā rén shí cuì chūn xiāng wèn　　xiān lǚ tóng zhōu wǎn gèng yí
佳人拾翠春相问，仙侣同舟晚更移。
cǎi bǐ xī céng gān qì xiàng　　bái tóu yín wàng kǔ dī chuí
彩笔昔曾干气象，白头吟望苦低垂。

【评介】

此为组诗第八首，表现了诗人当年在昆吾、御宿、渼陂春日郊游的诗意豪情。

这组诗以忧念国家兴衰为主题，以诗人暮年多病、身世飘零，特别关切祖国安危的沉重心情作为基调，其间穿插有轻快欢乐的抒情，壮丽飞动、充满豪情的描绘，慷慨悲愤的情绪，极为沉郁低回的咏叹。

yǒng huái gǔ jì　yáo luò shēn zhī sòng yù bēi
咏怀古迹（摇落深知宋玉悲）

yáo luò shēn zhī sòng yù bēi　　fēng liú rú yǎ yì wú shī
摇落深知宋玉悲，风流儒雅亦吾师。
chàng wàng qiān qiū yì sǎ lèi　　xiāo tiáo yì dài bù tóng shí
怅望千秋一洒泪，萧条异代不同时。
jiāng shān gù zhái kōng wén zǎo　　yún yǔ huāng tái qǐ mèng sī
江山故宅空文藻，云雨荒台岂梦思。
zuì shì chǔ gōng jù mǐn miè　　zhōu rén zhǐ diǎn dào jīn yí
最是楚宫俱泯灭，舟人指点到今疑。

【评介】

《咏怀古迹五首》是大历元年（766）杜甫流寓夔州时所写。夔州一带原有庾信、宋玉、王昭君、刘备、诸葛亮等人遗迹，杜甫便借之咏怀相关历史人物，并寓寄自己身世之感。这里所选其二，是杜甫凭吊楚国著名辞赋作家宋玉的。宋玉的《高唐神女赋》写楚襄王和巫山神女梦中欢会故事，传为佳话。相传在江陵又有宋玉故宅。杜甫暮年出蜀，过巫峡至江陵，不禁怀念这位作家，勾起身世遭遇的同情和悲慨。在杜甫看来，宋玉既是词人，更是志士。而他生前身后却都只被视为词人，政治上失志不遇，这是宋玉一生中最可悲哀处，也是杜甫自己一生遭遇最为伤心处。此诗便以千古知音写不遇之悲。

yǒnghuái gǔ jī qún shān wàn hè fù jīng mén

咏怀古迹（群山万壑赴荆门）

qún shān wàn hè fù jīng mén shēng zhǎng míng fēi shàng yǒu cūn
群山万壑赴荆门，生长明妃尚有村。
yí qù zǐ tái lián shuò mò dú liú qīng zhǒng xiàng huáng hūn
一去紫台连朔漠，独留青冢向黄昏。
huà tú shěng shí chūn fēng miàn huán pèi kōng guī yuè yè hún
画图省识春风面，环佩空归月夜魂[①]。
qiān zǎi pí pa zuò hú yǔ fēn míng yuàn hèn qǔ zhōng lùn
千载琵琶作胡语，分明怨恨曲中论。

【评介】

此为组诗其三，诗人借咏昭君村、怀念王昭君抒写自己的怀

① “画图”二句：《西京杂记》载，汉元帝令画工为后宫女子画像，依画像决定取舍。众女皆贿赂画工，惟昭君自恃美貌，不肯贿赂，画工有意将其画丑。后来元帝将昭君嫁给匈奴，临行召见，方知其美为后宫第一，后悔莫及。

抱。诗的发端两句，首先点出昭君村所在的地方。一“赴”字，突出了三峡山势的雄奇生动。清吴瞻泰《杜诗提要》评：“发端突兀，是七律中第一等起句，谓山水逶迤，钟灵毓秀，始产一明妃。说得窈窕红颜，惊天动地。”接下来两句，诗人以简短雄浑诗句，概括了昭君一生悲剧，思想内容非常丰富，清朱瀚《杜诗解意》评：“‘连’字写出塞之景，‘向’字写思汉之心，笔下有神。”这两句给人以天地无情、青冢有恨的无比广大的沉重之感。“画图省识春风面，环佩空归月夜魂。”紧承前两句，进一步写昭君的身世家国之情。结句则借千载作胡音的琵琶曲调，点明了“怨恨”的主题。清人李子德评：“只叙明妃，始终无一语涉议论，而意无不包。后来诸家，总不能及。”《唐诗选脉会通评林》评：“写怨境愁思，灵通清回，古今咏昭君无出其右。”

咏怀古迹(诸葛大名垂宇宙)

yǒnghuái gǔ jì zhū gě dà míngchuí yǔ zhòu

zhū gě dà míngchuí yǔ zhòu　zōngchén yí xiàng sù qīng gāo
诸葛大名垂宇宙，宗臣遗像肃清高。
sān fēn gē jù yū chóu cè　wàn gǔ yún xiāo yì yǔ máo
三分割据纡筹策，万古云霄一羽毛。
bó zhòng zhī jiān jiàn yī lǚ　zhǐ huī ruò dìng shī xiāo cáo
伯仲之间见伊吕，指挥若定失萧曹。
yùn yí hàn zuò zhōng nán fù　zhì jué shēn jiān jūn wù láo
运移汉祚终难复，志决身歼军务劳。

【评介】

此为组诗其五，诗人以激情昂扬的笔触，对诸葛亮的雄才大略进行了热烈的颂扬，对其壮志未遂叹惜不已。全诗除“遗像”是咏古迹，其余均是议论，不但议论高妙，而且写得极有情韵。由于诗人以自身肝胆情志吊古，写得涤肠荡心，浩气动人。

登高
dēng gāo

fēng jí tiān gāo yuán xiào āi　zhǔ qīng shā bái niǎo fēi huí
风急天高猿啸哀，渚清沙白鸟飞回。
wú biān luò mù xiāo xiāo xià　bú jìn cháng jiāng gǔn gǔn lái
无边落木萧萧下，不尽长江滚滚来。
wàn lǐ bēi qiū cháng zuò kè　bǎi nián duō bìng dú dēng tái
万里悲秋常作客，百年多病独登台。
jiān nán kǔ hèn fán shuāng bìn　liǎo dǎo xīn tíng zhuó jiǔ bēi
艰难苦恨繁霜鬓，潦倒新停浊酒杯。

【评介】

此诗作于唐代宗大历二年(767)秋，作者时在夔州。全诗八句皆对，恢阔的意境，笼盖着恢阔的愁绪，俯仰万物无不凄惶怆恻。宋人罗大经分析颈联：“万里，地之远也；悲秋，时之惨凄也；作客，羁旅也；常作客，久旅也；百年，暮齿也；多病，衰疾也；台，高迥地也；独登台，无亲朋也。十四字之间含有八意。”还有人更分析出十四层意蕴，可见杜诗之高度凝练。杨伦认为，此诗“高浑一气，古今独步，当为杜集七言律诗第一”。

dēng yuè yáng lóu
登岳阳楼

xī wén dòng tíng shuǐ jīn shàng yuè yáng lóu
昔闻洞庭水，今上岳阳楼。
wú chǔ dōng nán chè qián kūn rì yè fú
吴楚东南坼，乾坤日夜浮①。
qīn péng wú yí zì lǎo bìng yǒu gū zhōu
亲朋无一字，老病有孤舟。
róng mǎ guānshān běi píngxuān tì sì liú
戎马关山北，凭轩涕泗流。

【评介】

写洞庭壮阔景象，抒自己孤苦之感忧时之情，全篇“浑成一气”者，在末句“凭轩”二字。

tiān mò huái lǐ bái
天末怀李白

liángfēng qǐ tiān mò jūn zǐ yì rú hé
凉风起天末，君子意如何。
hóng yàn jǐ shí dào jiāng hú qiū shuǐ duō
鸿雁几时到，江湖秋水多。

---

① “吴楚”二句：极言洞庭湖的广阔，吴楚大地似乎被其分裂为二，整个天地好像在其中日夜浮动。

wén zhāng zēng mìng dá　　chī mèi xǐ rén guò
文章憎命达，　魑魅喜人过。
yīng gòng yuān hún yǔ　　tóu shī zèng mì luó
应共冤魂语，　投诗赠汨罗。

【评介】

无边揣想之辞，读来深切感人。

yuè yè
月夜

jīn yè fū zhōu yuè　　guī zhōng zhǐ dú kān
今夜鄜州月，　闺中只独看。
yáo lián xiǎo ér nǚ　　wèi jiě yì cháng ān
遥怜小儿女，　未解忆长安。
xiāng wù yún huán shī　　qīng huī yù bì hán
香雾云鬟湿，　清辉玉臂寒。
hé shí yǐ xū huǎng　　shuāng zhào lèi hén gān
何时倚虚幌，　双照泪痕干？

【评介】

此诗大约写于天宝十五年(756)，时杜甫被安禄山叛军掳掠，滞留长安，家中妻小皆在鄜州(在今陕西富县)。浦起龙《读杜心解》评："心已驰神到彼，诗从对面飞来，悲婉微至，精丽绝伦，又妙在无一字不从月色照出也。"

jiāng hàn
江汉

jiāng hàn sī guī kè　qián kūn yì fǔ rú
江汉思归客，乾坤一腐儒。
piàn yún tiān gòng yuǎn　yǒng yè yuè tóng gū
片云天共远，永夜月同孤。
luò rì xīn yóu zhuàng　qiū fēng bìng yù sū
落日心犹壮，秋风病欲苏。
gǔ lái cún lǎo mǎ　bú bì qǔ cháng tú
古来存老马，不必取长途。

【评介】

此诗“含阔大于深沉”，以凝练的笔触，抒发了诗人怀才见弃的不平之气和报国思用的慷慨情思。

gé yè
阁夜

suì mù yīn yáng cuī duǎn jǐng　tiān yá shuāng xuě jì hán xiāo
岁暮阴阳催短景，天涯霜雪霁寒宵。
wǔ gēng gǔ jiǎo shēng bēi zhuàng　sān xiá xīng hé yǐng dòng yáo
五更鼓角声悲壮，三峡星河影动摇。
yě kū qiān jiā wén zhàn fá　yí gē shù chù qǐ yú qiáo
野哭千家闻战伐，夷歌数处起渔樵。
wò lóng yuè mǎ zhōng huáng tǔ　rén shì yīn shū màn jì liáo
卧龙跃马终黄土，人事音书漫寂寥。

【评介】

此诗向来被誉为杜律中的典范性作品。诗人围绕题目，从几个重要侧面抒写夜宿西阁的所见所闻所感，从寒宵雪霁写到五更鼓角，从天空星河写到江上洪波，从山川形胜写到战乱人事，从当前现实写到千年往迹。气象雄阔，仿佛把宇宙笼入毫端，有上天下地、俯仰古今之概。胡应麟称赞此诗："气象雄盖宇宙，法律细入毫芒"，并说它是七言律诗的"千秋鼻祖"(《诗薮·内编》卷五)。

guān gōng sūn dà niáng dì zǐ wǔ jiàn qì xíng bìng xù

观公孙大娘弟子舞剑器行(并序)

大历二年十月十九日，夔府别驾元持宅见临颍李十二娘舞《剑器》，壮其蔚跂；问其所师，曰："余公孙大娘弟子也。"开元五载，余尚童稚，记于郾城观公孙氏舞剑器浑脱，浏漓顿挫，独出冠时。自高头宜春、梨园二伎坊内人洎外供奉，晓是舞者，圣文神武皇帝初，公孙一人而已。玉貌锦衣，况余白首。今兹弟子，亦匪盛颜。既辨其由来，知波澜莫二。抚事慷慨，聊为《剑器行》。往者吴人张旭，善草书书帖，数常于邺县见公孙大娘舞西河剑器，自此草书长进，豪荡感激，即公孙可知矣。

xī yǒu jiā rén gōng sūn shì　　yì wǔ jiàn qì dòng sì fāng
昔有佳人公孙氏，一舞剑器动四方。
guān zhě rú shān sè jǔ sàng　　tiān dì wèi zhī jiǔ dī áng
观者如山色沮丧，天地为之久低昂。

huò rú yì shè jiǔ rì luò　　jiáo rú qún dì cān lóng xiáng
㸌如羿射九日落，　矫如群帝骖龙翔。
lái rú léi tíng shōu zhèn nù　　bà rú jiāng hǎi níng qīng guāng
来如雷霆收震怒，　罢如江海凝清光。
jiàng chún zhū xiù liǎng jì mò　　wǎn yǒu dì zǐ chuán fēn fāng
绛唇珠袖两寂寞，　晚有弟子传芬芳。
lín yǐng měi rén zài bái dì　　miào wǔ cǐ qǔ shén yáng yáng
临颍美人在白帝，　妙舞此曲神扬扬。
yǔ yú wèn dá jì yǒu yǐ　　gǎn shí fǔ shì zēng wǎn shāng
与余问答既有以，　感时抚事增惋伤。
xiān dì shì nǚ bā qiān rén　　gōng sūn jiàn qì chū dì yī
先帝侍女八千人，　公孙剑器初第一。
wǔ shí nián jiān sì fǎn zhǎng　　fēng chén hòng dòng hūn wáng shì
五十年间似反掌，　风尘澒洞昏王室。
lí yuán zǐ dì sàn rú yān　　nǚ yuè yú zī yìng hán rì
梨园子弟散如烟，　女乐余姿映寒日。
jīn sù duī nán mù yǐ gǒng　　qú táng shí chéng cǎo xiāo sè
金粟堆南木已拱，　瞿塘石城草萧瑟。
dài yán jí guǎn qǔ fù zhōng　　lè jí āi lái yuè dōng chū
玳筵急管曲复终，　乐极哀来月东出。
lǎo fū bù zhī qí suǒ wǎng　　zú jiǎn huāng shān zhuǎn chóu jí
老夫不知其所往，　足茧荒山转愁疾。

【评介】

此诗与《丹青引》同为杜甫描绘艺术创作的名篇。

bā zhèn tú

八阵图[①]

gōng gài sān fēn guó　míngchéng bā zhèn tú

功盖三分国，名成八阵图。

jiāng liú shí bù zhuǎn　yí hèn shī tūn wú

江流石不转，遗恨失吞吴。

【评介】

“江流石不转”是全诗关键：上承“名成”，下连“遗恨”，它象征着“诸葛大名垂宇宙”，同时也是千古恨事。《唐宋诗醇》说：“读之殷殷有金石声。”

jiāng nán féng lǐ guī nián

江南逢李龟年[②]

qí wángzhái lǐ xún chángjiàn　cuī jiǔ tángqián jǐ dù wén

岐王宅里寻常见，崔九堂前几度闻。

zhèng shì jiāng nán hǎo fēng jǐng　luò huā shí jié yòu féng jūn

正是江南好风景，落花时节又逢君。

---

① 此诗作于唐代宗大历元年(766)杜甫初到夔州时，借咏八阵图表达对诸葛亮的仰慕和叹惋。八阵图指天、地、风、云、龙、虎、乌、蛇八种阵势，诸葛亮布有多处。诗中所咏在夔州江边沙滩上，聚细石为之，各高五尺，广十围，纵横交错，依潮水涨落，夏隐冬现。

② 此诗作于唐代宗大历五年(770)春，是年杜甫去世。李龟年是唐玄宗时代的著名音乐家，当时也流落江南。诗中虽写旧友异乡重逢，却隐藏着无限今昔盛衰之感。

【评介】

此诗被古人誉为“千秋绝调”，“子美七绝，此为压卷”。清胡本渊《唐诗近体》评：“含意未伸，有案无断，而世运之治乱，年华之盛衰，彼此之凄凉流落，俱在其中。”

◉常　建（生卒年不详）

开元十五年（727）进士。有《常建诗集》三卷。其诗风与王维、孟浩然、储光羲相近，多山水田园诗，曾有“王、孟、储、常”之称。唐《河岳英灵集》很推崇常建，首列其诗，称“其旨远，其兴僻，佳句辄来，惟论意表”。

tí pò shān sì hòu chányuàn

题破山寺后禅院①

qīngchén rù gǔ sì　　chū rì zhào gāo lín

清晨入古寺，　初日照高林。

zhú jìng tōng yōu chù　　chánfáng huā mù shēn

竹径通幽处，　禅房花木深。

shānguāng yuè niǎo xìng　　tán yǐng kōng rén xīn

山光悦鸟性，　潭影空人心。

---

① 破山寺：即兴福寺，在今江苏常熟虞山上。原为南齐倪德光住宅，后舍为寺。

wàn lài cǐ jù jì　　dàn yú zhōngqìng yīn
万籁此俱寂，　但余钟磬音。

【评介】

盛唐山水诗中的名篇，其好处在于写景清幽，深得禅趣。中间二联最为著名。纪昀评："兴象深微，笔笔超妙，此为神来之候，'自然'二字不足道之。"

◉刘方平（生卒年不详）

隐居不仕，与李颀、皇甫冉、严维等人相唱和，《全唐诗》录存其诗一卷，诗多咏物写景之作，尤擅绝句，以情思悠远见长。

yè yuè
夜月

gēngshēn yuè sè bàn rén jiā　　běi dǒu lán gān nán dǒu xié
更深月色半人家，　北斗阑干南斗斜。
jīn yè piān zhī chūn qì nuǎn　　chóngshēng xīn tòu lǜ chuāng shā
今夜偏知春气暖，　虫声新透绿窗纱。

【评介】

此诗写月夜春天之气息，新颖、清丽、细腻、隽永。不眠之人在言外。

◉刘长卿（709？—780？）

中唐前期诗人，字文房，官终随州刺史，世号刘随州。原有文集十卷，已佚，后人辑为《随州诗集》。

刘与杜甫同时，但创作主要在中唐，其诗气韵流畅，音调谐美，与较后大历十才子相类。他的近体诗大都研练深密，婉曲多讽，七律尤以工秀见称，但缺乏雄浑苍劲之作。集中五言诗占十之七八，自诩为“五言长城”，虽不乏佳作，但反复吟咏的不过是羁愁、别恨、闲适的情趣，意境雷同。胡应麟《诗薮·内编》卷五云：“诗至钱、刘，遂露中唐面目……刘即自成中唐，与盛唐分道矣。”

sòng líng chè shàng rén
送灵澈上人

cāngcāng zhú lín sì　yǎo yǎo zhōngshēng wǎn
苍苍竹林寺，杳杳钟声晚。
hè lì dài xī yáng　qīngshān dú guī yuǎn
荷笠带夕阳，青山独归远。

【评介】

《诗境浅说续编》评：“四句纯是写景，而山寺僧归，饶有潇洒出尘之致。”绘景如画，后两句是广为传诵的名句。

féng xuě sù fú róngshān zhǔ rén
逢雪宿芙蓉山主人

rì mù cāngshānyuǎn tiān hán bái wū pín
日暮苍山远，天寒白屋贫。
cháimén wénquǎn fèi fēng xuě yè guī rén
柴门闻犬吠，风雪夜归人。

【评介】

绘景如画，后两句是广为传诵的名句。《唐诗选脉会通评林》评：“语清调古。”

bì jiàn bié shù xǐ huáng fǔ shì yù xiāngfǎng
碧涧别墅喜皇甫侍御相访

huāng cūn dài fǎn zhào luò yè luàn fēn fēn
荒村带返照，落叶乱纷纷。
gǔ lù wú xíng kè hánshān dú jiàn jūn
古路无行客，寒山独见君。
yě qiáo jīng yǔ duàn jiàn shuǐ xiàng tián fēn
野桥经雨断，涧水向田分。
bù wéi lián tóngbìng hé rén dào bái yún
不为怜同病，何人到白云。

【评介】

写友人造访的喜悦，“独”字为一篇之诗眼。

chángshā guò jiǎ yì zhái
长沙过贾谊宅

sān nián zhé huàn cǐ qī chí　wàn gǔ wéi liú chǔ kè bēi
三年谪宦此栖迟，万古惟留楚客悲。
qiū cǎo dú xún rén qù hòu　hán lín kōngjiàn rì xié shí
秋草独寻人去后，寒林空见日斜时。
hàn wén yǒu dào ēn yóu báo　xiāngshuǐ wú qíngdiào qǐ zhī
汉文有道恩犹薄，湘水无情吊岂知？
jì jì jiāngshān yáo luò chù　lián jūn hé shì dào tiān yá
寂寂江山摇落处，怜君何事到天涯！

【评介】

邢昉《唐风定》评："深悲极怨，乃复妍秀温和，妙绝千古。"

bié yán shì yuán
别严士元

chūnfēng yǐ zhào hé lǘ chéng　shuǐ guó chūn hán yīn fù qíng
春风倚棹阖闾城，水国春寒阴复晴。
xì yǔ shī yī kàn bú jiàn　xián huā luò dì tīng wú shēng
细雨湿衣看不见，闲花落地听无声。
rì xié jiāngshàng gū fān yǐng　cǎo lǜ hú nán wàn lǐ qíng
日斜江上孤帆影，草绿湖南万里情。
dōng dào ruò féngxiāng shí wèn　qīng páo jīn yǐ wù rú shēng
东道若逢相识问，青袍今已误儒生。

【评介】

诗人写早春乍阴乍晴之妙，细微入神，尤其“细雨”一联，广为传诵。

◉元 结（719—772）

字次山，号漫叟，河南（今河南洛阳）人，居鲁山（今河南鲁山）。天宝十二年（753）进士。安史之乱中，以右金吾兵曹参军摄监察御史，充山南东道节度参谋。立有战功。后历任道州刺史、容州都督充本管经略守捉使。因遭权臣嫉妒，辞官归隐。元结为官，关心民生疾苦，为诗亦多反映现实之作，风格朴素简淡，自成一家。有《元次山文集》十卷。

ǎi nǎi qǔ xiāngjiāng èr yuè chūnshuǐpíng

欸乃曲（湘江二月春水平）

xiāngjiāng èr yuè chūnshuǐpíng mǎn yuè hé fēng yí yè xíng

湘江二月春水平，满月和风宜夜行。

chàng ráo yù guò píngyáng shù shǒu lì xiāng hū wèn xìngmíng

唱桡欲过平阳戍，守吏相呼问姓名。

【评介】

据作者自序，本诗作于大历二年(767)。当时作者任道州(今湖南道县)刺史，因事去长沙都督府，返回道州途中逢春水大涨，船行困难，于是作船歌五首，供船夫歌唱。欸乃，摇橹声。《欸乃曲》，即船歌。首二句写春水平满，春风和煦，月色明朗，是一幅安宁静谧的江上夜行图。

◉钱　起(约722—780)

“大历十才子”之一，字仲文，吴兴(今浙江湖州)人。天宝九年(750)参加进士试，以《省试湘灵鼓瑟》诗末二句“曲终人不见，江上数峰青”，传诵一时。钱起是“大历十才子”中的佼佼者，与郎士元并称“钱郎”。唐人高仲武《中兴间气集》列钱诗为首，称其诗“体格新奇，理致清赡”，“右丞(王维)没后，员外(钱起)为雄”。与王维相比，淡远终逊。有《钱考功集》十卷。

shěng shì xiāng líng gǔ sè
省试湘灵鼓瑟

shàn gǔ yún hé sè　　cháng wén dì zǐ líng
善鼓云和瑟，　尝闻帝子灵。
féng yí kōng zì wǔ　　chǔ kè bù kān tīng
冯夷空自舞，　楚客不堪听。

kǔ diào qī jīn shí　　qīng yīn rù yǎo míng
苦调凄金石，　清音入杳冥。
cāng wú lái yuàn mù　　bái zhǐ dòng fāng xīn
苍梧来怨慕，　白芷动芳馨。
liú shuǐ chuán xiāng pǔ　　bēi fēng guò dòng tíng
流水传湘浦，　悲风过洞庭。
qǔ zhōng rén bú jiàn　　jiāng shàng shù fēng qīng
曲终人不见，　江上数峰青。

【评介】

公认试帖诗的范本。试帖诗有种种限制，束缚士人的才思。钱起却不然，在此诗中，他驰骋想象，上天入地，如入无人之境。无形的乐声，在诗人笔下得到生动形象的表现，成为一种看得见，听得到，感觉得着的东西。最后二句，突然收结，神思绵绵，更耐人寻味，为人所称道。

guī yàn
归雁

xiāo xiāng hé shì děng xián huí　　shuǐ bì shā míng liǎng àn tái
潇湘何事等闲回？　水碧沙明两岸苔。
èr shí wǔ xián tán yè yuè　　bù shèng qīng yuàn què fēi lái
二十五弦弹夜月[①]，　不胜清怨却飞来。

---

① “二十五弦”：指瑟。《汉书·郊祀志上》：“帝使素女鼓五十弦瑟，悲，帝禁不止，故破其瑟为二十五弦。”此处暗用屈原《远游》“使湘灵鼓瑟兮”句意。

【评介】

此诗托人、雁问答，构思新颖，抒情婉转。俞陛云评："作闻雁诗者，每言旅思乡愁。此诗独擅空灵之笔，殊耐循讽。"(《诗境浅说续编》)

◉韩　翃(生卒年不详)

"大历十才子"之一，字君平，南阳(今河南南阳)人。天宝十三年(754)进士。有《韩君平集》三卷。诗文当时颇负盛名，唐人高仲武《中兴间气集》称其诗："匠意近于史，兴致繁富，一篇一咏，朝士珍之"，又称"方之前载，芙蓉出水，未足多也"。

hán shí
寒食

chūnchéng wú chù bù fēi huā　hán shí dōngfēng yù liǔ xié
春城无处不飞花，寒食东风御柳斜。
rì mù hàngōngchuán là zhú　qīng yān sàn rù wǔ hóu jiā
日暮汉宫传蜡烛，轻烟散入五侯家。

【评介】

脍炙人口的名作。"气骨高妙不待言，用'五侯'寓讽更微。"

(《唐人万首绝句选评》)

◉张　继(生卒年不详)

“大历十才子”之一，字懿孙，襄州(今湖北襄樊)人。天宝十二年(753)进士。《全唐诗》录存其诗一卷，诗多为近体，内容以游览、酬赠为主，亦有反映战争创伤、民生疾苦之作。高仲武《中兴间气集》谓其“诗体清迥，有道者风”。

fēngqiáo yè bó

枫桥夜泊

yuè luò wū tí shuāngmǎn tiān　jiāngfēng yú huǒ duì chóumián

月落乌啼霜满天，江枫渔火对愁眠。

gū sū chéng wài hán shān sì　yè bàn zhōngshēng dào kè chuán

姑苏城外寒山寺，夜半钟声到客船。

【评介】

脍炙人口的名作。以“愁眠”二字贯串全篇。前二句写了六种景象，后二句只写山寺夜钟。意象疏密有致，意境清远悠扬。

◉司空曙（720—790）

“大历十才子”之一，字文明，广平（今河北永年）人，登进士第，有《司空文明诗集》三卷。性格耿介，不干权要，仕途蹭蹬，生活困顿，因此诗集中多感慨人事不平及表现自甘寂寞志趣之作。他喜与僧徒交往，亦有借禅避世之意。其诗以“婉雅闲淡，语近性情”见长。

yún yángguǎn yǔ hánshēn sù bié

云阳馆与韩绅宿别[①]

gù rén jiāng hǎi bié　　jǐ dù gé shānchuān
故人江海别，几度隔山川。
zhà jiàn fān yí mèng　　xiāng bēi gè wèn nián
乍见翻疑梦，相悲各问年。
gū dēng hán zhào yǔ　　shī zhú àn fú yān
孤灯寒照雨，湿竹暗浮烟。
gèng yǒu míngzhāo hèn　　lí bēi xī gòngchuán
更有明朝恨，离杯惜共传。

【评介】

写与友人乍逢旋别的感受。首二句写相别之久、相见之难。相见之难故疑真为梦，相别之久故问年互伤。“孤灯”二句，色彩凄清，亦与这种感伤的心理相应。最后二句写明朝分别的遗憾，

---

① 云阳：县名，故城在今陕西泾阳县北。馆：驿馆，供过往官员暂住的地方。韩绅：生平不详。《全唐诗》注：“一作韩升卿。”宿别：同宿后分别。

给全诗留下了袅袅不绝的余音。“乍见”二句，方回称为“久别忽逢之绝唱”(《瀛奎律髓》)。

◉戴叔伦（732—789）

字幼公。贞元间进士。其诗多表现隐逸生活和闲适情调。有《戴叔伦集》。

jiāngxiāng gù rén ǒu jí kè shè

江乡故人偶集客舍

tiān qiū yuè yòu mǎn　chéng què yè qiānchóng
天秋月又满，　城阙夜千重。
hái zuò jiāng nán huì　fān yí mèng lǐ féng
还作江南会，　翻疑梦里逢。
fēng zhī jīng àn què　lù cǎo qì hán chóng
风枝惊暗鹊，　露草泣寒虫。
jī lǚ cháng kān zuì　xiāng liú wèi xiǎozhōng
羁旅长堪醉，　相留畏晓钟。

【评介】

江乡故人，偶集客舍，哀乐之景，悲喜之情，都在眼前，而不尽之意，却在言外。

◉卢　纶（748？—约799）

“大历十才子”之一，中唐边塞诗的代表。字允言。有《卢户部诗集》十卷。以五、七言近体为主，兼长七言古体。其从军诗气势雄浑，意气慷慨，历来为人传诵。

sài xià qǔ　lín àn cǎo jīng fēng

塞下曲（林暗草惊风）

lín àn cǎo jīng fēng　jiāng jūn yè yǐn gōng

林暗草惊风，将军夜引弓。

píngmíng xún bái yǔ　mò zài shí léngzhōng

平明寻白羽，没在石棱中。

【评介】

清潘德舆《养一斋诗话》评：“诗之妙全以先天神运，不在后天迹象。”

sài xià qǔ　yuè hēi yàn fēi gāo

塞下曲（月黑雁飞高）

yuè hēi yàn fēi gāo　chán yú yè dùn táo

月黑雁飞高，单于夜遁逃。

yù jiāngqīng jì zhú　dà xuě mǎngōng dāo

欲将轻骑逐，大雪满弓刀。

【评介】

《唐诗选脉会通评林》评:“中唐高调,句句挺拔。”

◉李　益(748—约827)

“大历十才子”之一,中唐边塞诗的代表。字君虞,陇西姑臧(今甘肃武威)人。大历四年(769)登进士第。有《李君虞诗集》二卷。其边塞诗,糅合悲壮与感伤双重色彩,表现出与盛唐边塞诗不同的风貌。他擅长绝句,尤长七绝,人称可与李白、王昌龄竞爽,每成一诗,即谱入乐府,广泛传唱。

yè shàngshòuxiángchéngwén dí

夜上受降城闻笛

huí lè fēngqián shā sì xuě　shòuxiángchéng wài yuè rú shuāng

回乐烽前沙似雪,受降城外月如霜。

bù zhī hé chù chuī lú guǎn　yí yè zhēng rén jìn wàngxiāng

不知何处吹芦管,一夜征人尽望乡[①]。

① 受降城:贞观二十年,唐太宗曾亲临灵州(治回乐县,故城在今宁夏回族自治区灵武县西南)接受突厥一部的投降,“受降城”之名即由此而来。回乐烽:回乐县附近的烽火台。芦管:芦笛。

【评介】

俞陛云评："对苍茫之夜月，登绝塞之孤城，沙明讶雪，月冷疑霜，是何等悲凉之境！起句以对句写之，弥见雄厚。后二句申足上意，言芦管之声，随朔风而起，防秋多少征人，乡愁齐赴，则己之郁伊善感，不待言矣。"(《诗境浅说续编》)

◉韦应物（737—789?）

早年曾任唐玄宗侍卫，任侠使气，放浪不羁。安史之乱后，折节读书，出任滁州、江州刺史，苏州刺史，世称"韦苏州"。有《韦苏州集》十卷。其诗以田园山水著名，亦有反映社会离乱、民生疾苦之作。白居易说他五言诗"高雅闲淡，自成一家之体"(《与元九书》)。后人论唐代山水田园诗，常以王、孟、韦、柳并提。

jì quán jiāo shānzhōng dào shì

寄全椒山中道士

jīn zhāo jùn zhāi lěng　hū niànshānzhōng kè

今朝郡斋冷，忽念山中客。

jiàn dǐ shù jīng xīn　　guī lái zhǔ bái shí
涧底束荆薪，归来煮白石①。
yù chí yì piáo jiǔ　　yuǎn wèi fēng yǔ xī
欲持一瓢酒，远慰风雨夕。
luò yè mǎnkōngshān　　hé chù xún xíng jì
落叶满空山，何处寻行迹？

【评介】

此诗为韦应物的名作，前人称“一片神行”（《唐宋诗举要》）。特别是“落叶满空山”二句，被称为“化工笔，与陶渊明‘采菊东篱下，悠然见南山’，妙处不关言语意思”（《唐诗别裁》）。

huáishàng xǐ huì liángzhōu gù rén
淮上喜会梁州故人

jiānghàn céng wéi kè　　xiāngféng měi zuì huán
江汉曾为客，相逢每醉还。
fú yún yì bié hòu　　liú shuǐ shí niánjiān
浮云一别后，流水十年间。
huānxiàoqíng rú jiù　　xiāo shū bìn yǐ bān
欢笑情如旧，萧疏鬓已斑。
hé yīn bù guī qù　　huáishàng yǒu qiū shān
何因不归去，淮上有秋山。

① 白石：晋葛洪《神仙传》卷二《白石先生》条：“白石先生者，中黄丈人弟子也。尝煮白石为粮，因就白石山居，时人故号曰白石先生。”此处借喻全椒山中道士。

【评介】

俞陛云《诗境浅说》评："叹羁泊之无常，讶年光之迅逝，句法于蕴藉中见悲凉之意。"

chú zhōu xī jiàn

滁州西涧

dú lián yōu cǎo jiàn biān shēng shàng yǒu huáng lí shēn shù míng

独怜幽草涧边生，上有黄鹂深树鸣。

chūn cháo dài yǔ wǎn lái jí yě dù wú rén zhōu zì héng

春潮带雨晚来急，野渡无人舟自横。

【评介】

脍炙人口的名作。《唐人万首绝句选评》评："写景清切，悠然意远，绝唱也。"

◉孟　郊（751—814）

字东野，湖州武康（今浙江德清）人。早年隐居嵩山。两试进士不第，四十六岁时才中进士。一生穷愁潦倒，而性格耿介孤直如故。有《孟东野集》十卷。孟诗刻削情深，词意透辟，为韩愈所推重，时人誉为“孟诗韩笔”。又与贾岛齐名，被称为“郊寒岛瘦”（苏轼《祭柳子玉文》）。孟郊有意矫正大历以来内容空洞、格调平庸的诗风，不讲藻饰，也不讲音韵的谐和、响亮，通过苦心孤诣的惨淡经营，以白描的手法抒情写景，达到深刻、生动的境界，获得了创作上独特的成就。苏轼称他：“诗从肺腑出，出辄愁肺腑。”

yóu zǐ yín

游子吟

cí mǔ shǒuzhōngxiàn　yóu zǐ shēnshàng yī

慈母手中线，游子身上衣。

lín xíng mì mì féng　yì kǒng chí chí guī

临行密密缝，意恐迟迟归。

shuí yán cùn cǎo xīn　bào dé sān chūn huī

谁言寸草心，报得三春晖。

【评介】

千古传诵的绝唱　《全唐诗》本诗下有作者自注：“迎母溧上作。”作者时任溧阳县尉，年已半百，迎母奉养，深感身为人子，未能报答母恩于万一，感慨而作此诗。

yóu zhōng nán shān

游终南山

nán shān sāi tiān dì　　rì yuè shí shàngshēng
南山塞天地，日月石上生。
gāo fēng yè liú jǐng　　shēn gǔ zhòu wèi míng
高峰夜留景，深谷昼未明。
shānzhōng rén zì zhèng　　lù xiǎn xīn yì píng
山中人自正，路险心亦平。
chángfēng qū sōng bǎi　　shēng fú wàn hè qīng
长风驱松柏，声拂万壑清。
dào cǐ huǐ dú shū　　zhāozhāo jìn fú míng
到此悔读书，朝朝近浮名。

【评介】

孟郊的诗，字句坚挺有力，着笔往往为惊人险语，但奇而不诞，险而不怪。此诗表现了他这一方面的特点，“奇语横出，结有玄想”（《唐诗选脉会通评林》引唐汝询评）。

◉贾　岛（779—843）

字阆仙，范阳（今北京附近）人。早年出家为僧，法名无本。元和六年(811)春，至洛阳谒韩愈，以诗深得赏识。后还俗，屡试进士不第。文宗时，为遂州长江（今四川蓬溪）主簿，世称贾长江。有《长江集》十卷。他是著名的苦吟诗人，擅长五律，风格奇僻清峭，与孟郊相近，有"郊寒岛瘦"之评。但他没有孟郊对生活观察的广度，也没有孟郊诗里感情的深度。他的诗很少涉及国家政事和民生疾苦，用典少，也不喜欢华丽的词藻，主要是以平常用语，抒写眼前的实际情景，和李贺的浓艳幽奇的诗风比较起来显得清淡朴素。

jiàn kè

剑客

shí nián mó yí jiàn　shuāng rèn wèi céng shì

十年磨一剑，霜刃未曾试。

jīn rì bǎ shì jūn　shuí yǒu bù píng shì

今日把示君，谁有不平事？

【评介】

《唐诗归折衷》引吴敬夫评："遍读刺客列传，不如此二十字惊心动魄之声。"

tí lǐ níng yōu jū
题李凝幽居

xián jū shǎo lín bìng cǎo jìng rù huāngyuán
闲居少邻并，草径入荒园。
niǎo sù chí biān shù sēngqiāo yuè xià mén
鸟宿池边树，僧敲月下门。
guò qiáo fēn yě sè yí shí dòng yún gēn
过桥分野色，移石动云根。
zàn qù hái lái cǐ yōu qī bú fù yán
暂去还来此，幽期不负言。

【评介】

此诗第二联是名句。据《苕溪渔隐诗话》，贾岛因思考是“僧推月下门”好还是“僧敲月下门”好，在驴背上引手作推敲之势，不觉冲撞了京兆尹韩愈的仪仗。韩愈没有责怪他，“立马良久，曰：‘作敲字佳。’遂与并辔而归”。

xún yǐn zhě bú yù
寻隐者不遇

sōng xià wèn tóng zǐ yán shī cǎi yào qù
松下问童子，言师采药去。
zhǐ zài cǐ shānzhōng yún shēn bù zhī chù
只在此山中，云深不知处。

【评介】

寻隐者不见，仅知采药云深，其人之逸怀高致所知。诗意在三问，一问“师往何处去”，二问“何处去采药”，三问“此山中何处”，但只以“松下问童子”一句笼统出之，藏问于答，简而曲，淡而有味。吴逸一评：“自是妙音，所谓不用意而得者。”(《唐诗正声》)

◉韩　愈(768—824)

字退之，祖籍昌黎(今辽宁义县)，故世称“韩昌黎”。幼孤好学。德宗贞元八年(792)进士。元和十四年(819)，因谏迎佛骨事，贬潮州刺史，改官袁州。穆宗时，官至吏部侍郎，故世又称“韩吏部”。谥号“文”，又称“韩文公”。韩愈是唐代古文运动的领袖，与柳宗元并称“韩柳”。其诗奇崛险怪，于李杜之后独树一帜，并开“以文为诗”的风气。有《韩昌黎集》。

shān shí

山石

shān shí luò què xíng jìng wēi　huáng hūn dào sì biān fú fēi

山石荦确行径微[①]，黄昏到寺蝙蝠飞。

shēng táng zuò jiē xīn yǔ zú　bā jiāo yè dà zhī zǐ féi

升堂坐阶新雨足，芭蕉叶大支子肥。

sēng yán gǔ bì fó huà hǎo　yǐ huǒ lái zhào suǒ jiàn xī

僧言古壁佛画好，以火来照所见稀。

pū chuáng fú xí zhì gēng fàn　shū lì yì zú bǎo wǒ jī

铺床拂席置羹饭，疏粝亦足饱我饥。

yè shēn jìng wò bǎi chóng jué　qīng yuè chū lǐng guāng rù fēi

夜深静卧百虫绝，清月出岭光入扉。

tiān míng dú qù wú dào lù　chū rù gāo xià qióng yān fēi

天明独去无道路，出入高下穷烟霏。

shān hóng jiàn bì fēn làn màn　shí jiàn sōng lì jiē shí wéi

山红涧碧纷烂漫，时见松枥皆十围。

dāng liú chì zú tà jiàn shí　shuǐ shēng jī jī fēng chuī yī

当流赤足踏涧石，水声激激风吹衣。

rén shēng rú cǐ zì kě lè　qǐ bì jú shù wéi rén jī

人生如此自可乐，岂必局束为人鞿。

jiē zāi wú dǎng èr sān zǐ　ān dé zhì lǎo bú gèng guī

嗟哉吾党二三子，安得至老不更归。

---

① 唐德宗贞元十七年(801)七月，韩愈与友人同游洛阳惠林寺，作此诗。题为“山石”，并非咏山石，只取首二字为题而已。荦确：山石险峻不平的样子。

【评介】

诗人仿佛是按照游览顺序信笔写来，实际上是经过精心选择与提炼。诗纯用“单行”不用对偶，体现了“以文入诗”的特点。

yè héng yuè miào suì sù yuè sì tí mén lóu

谒衡岳庙遂宿岳寺题门楼[①]

wǔ yuè jì zhì jiē sān gōng　sì fānghuánzhènsōngdāngzhōng
五岳祭秩皆三公[②]，四方环镇嵩当中。
huǒ wéi dì huāng zú yāo guài　tiān jiǎ shénbǐngzhuān qí xióng
火维地荒足妖怪，天假神柄专其雄。
pēn yún xiè wù cáng bàn fù　suī yǒu jué dǐng shuí néng qióng
喷云泄雾藏半腹，虽有绝顶谁能穷？
wǒ lái zhèngféng qiū yǔ jié　yīn qì huì mèi wú qīngfēng
我来正逢秋雨节，阴气晦昧无清风。
qián xīn mò dǎo ruò yǒu yìng　qǐ fēi zhèng zhí néng gǎn tōng
潜心默祷若有应，岂非正直能感通。
xū yú jìng sǎo zhòngfēng chū　yǎng jiàn tū wù chēngqīngkōng
须臾静扫众峰出，仰见突兀撑青空。
zǐ gài lián yán jiē tiān zhù　shí lǐn téng zhì duī zhù róng
紫盖连延接天柱，石廪腾掷堆祝融。
sēn rán pò dòng xià mǎ bài　sōng bǎi yí jìng qū líng gōng
森然魄动下马拜，松柏一径趋灵宫。

---

① 唐顺宗永贞元年(805)，韩愈遇赦北归，途经南岳衡山，作此诗。

② 祭秩皆三公：祭祀的等级与三公相同。三公：周代太师、太傅、太保，汉代司马、司徒、司空，皆称“三公”，是朝廷最高的官位。

fěn qiáng dān zhù dòngguāng cǎi　guǐ wù tú huà tián qīnghóng
粉墙丹柱动光彩，鬼物图画填青红。
shēng jiē gōu lóu jiàn pú jiǔ　yù yǐ fēi bó míng qí zhōng
升阶伛偻荐脯酒，欲以菲薄明其衷。
miào lìng lǎo rén shí shén yì　suī xū zhēn sì néng jū gōng
庙令老人识神意，睢盱侦伺能鞠躬①。
shǒu chí bēi jiào dǎo wǒ zhì　yún cǐ zuì jí yú nán tóng
手持杯珓导我掷，云此最吉馀难同。
cuàn zhú mánhuāngxìng bù sǐ　yī shí cái zú gān chángzhōng
窜逐蛮荒幸不死，衣食才足甘长终。
hóu wángjiàngxiàngwàng jiǔ jué　shénzòng yù fú nán wéi gōng
侯王将相望久绝，神纵欲福难为功。
yè tóu fó sì shàng gāo gé　xīng yuè yǎn yìng yún tóng lóng
夜投佛寺上高阁，星月掩映云曈昽。
yuánmíngzhōngdòng bù zhī shǔ　gǎo gǎo hán rì shēng yú dōng
猿鸣钟动不知曙，杲杲寒日生于东。

【评介】

诗开头六句，重点写衡岳云遮雾障，不易登览。“我来”以下八句，写自己经潜心默祷，始得尽览衡岳奇观。“森然”以下十四句，写诗拜谒衡岳庙，占卜得了一个“上上大吉”，勾起了诗人的满腹牢骚。因此次虽遇赦，却未能重返长安。最后四句，归结诗题中“宿岳寺”之意。诗人倔强傲岸的性格在此诗中得到了淋漓尽致的表现。清人潘德舆评：“高心劲气，千古无两。”(《养一斋诗话》)

---

① 睢盱：仰视的样子。侦伺：从旁窥察。

听颖师弹琴

tīng yǐng shī tán qín

昵昵儿女语，恩怨相尔汝。
nì nì ér nǚ yǔ, ēn yuàn xiāng ěr rǔ.

划然变轩昂，勇士赴敌场。
huá rán biàn xuān áng, yǒng shì fù dí chǎng.

浮云柳絮无根蒂，天地阔远随飞扬。
fú yún liǔ xù wú gēn dì, tiān dì kuò yuǎn suí fēi yáng.

喧啾百鸟群，忽见孤凤凰。
xuān jiū bǎi niǎo qún, hū jiàn gū fènghuáng.

跻攀分寸不可上，失势一落千丈强。
jī pān fēn cùn bù kě shàng, shī shì yí luò qiānzhàngqiáng.

嗟余有两耳，未省听丝篁。
jiē yú yǒu liǎng ěr, wèi xǐng tīng sī huáng.

自闻颖师弹，起坐在一旁。
zì wén yǐng shī tán, qǐ zuò zài yì páng.

推手遽止之，湿衣泪滂滂。
tuī shǒu jù zhǐ zhī, shī yī lèi pāngpāng.

颖乎尔诚能，无以冰炭置我肠。
yǐng hū ěr chéngnéng, wú yǐ bīng tàn zhì wǒ cháng.

【评介】

这是唐诗中写音乐的名篇。前十句，用一连串的比喻，描摹颖师琴曲中丰富多彩的音乐形象和令人神往的音乐意境，“顿挫奇特，曲尽变态”(《龙性堂诗话初集》)。后八句，又通过自己的感受变化，进一步表现颖师琴曲强烈的感染力量，“琴声之妙，此诗可谓形容殆尽矣”(《唐诗快》)。

zuǒ qiān zhì lán guān shì zhí sūn xiāng
左迁至蓝关示侄孙湘[1]

yì fēngcháo zòu jiǔ chóng tiān xī biǎncháoyáng lù bā qiān
一封朝奏九重天，夕贬潮阳路八千。
yù wéi shèngmíng chú bì shì kěn jiāngshuāi xiǔ xī cán nián
欲为圣明除弊事，肯将衰朽惜残年！
yún héng qín lǐng jiā hé zài xuě yōng lán guān mǎ bù qián
云横秦岭家何在？雪拥蓝关马不前。
zhī rǔ yuǎn lái yīng yǒu yì hǎo shōu wú gǔ zhàngjiāngbiān
知汝远来应有意，好收吾骨瘴江边。

【评介】

俞陛云评：“昌黎文章气节，震铄有唐。即以此诗论，义烈之气，掷地有声，唐贤集中所绝无仅有。”（《诗境浅说》）

zǎo chūnchéngshuǐ bù zhāng shí bā yuán wài
早春呈水部张十八员外

tiān jiē xiǎo yǔ rùn rú sū cǎo sè yáo kàn jìn què wú
天街小雨润如酥，草色遥看近却无。
zuì shì yì niánchūn hǎo chù jué shèng yān liǔ mǎnhuáng dū
最是一年春好处，绝胜烟柳满皇都。

---

① 元和十四年(819)正月，韩愈上表反对迎佛骨进京并入宫，触怒宪宗，由刑部侍郎贬为潮州刺史，此诗作于赴潮州途中。

【评介】

黄叔灿评："'草色遥看近却无'，写照工甚。正如画家设色，在有意无意之间。"(《唐诗笺注》)

◉张　籍（约767—约830）

字文昌，贞元十五年(799)进士，曾任水部员外郎、国子司业，世称"张水部"、"张司业"。有《张司业集》八卷。张籍是一位关心现实同情人民疾苦的诗人，其乐府诗，反映民生疾苦，揭露社会黑暗，在思想和艺术方面都有较高的价值，与王建乐府并称"张王乐府"，给元、白新乐府运动以有力的推动。其五言律诗，平易流畅，颇具委婉深挚之致，为朱庆余、司空图等诗人所取法。

qiū sī
秋思

luò yáng chéng lǐ jiàn qiū fēng　yù zuò jiā shū yì wàn chóng
洛阳城里见秋风，欲作家书意万重。
fù kǒng cōng cōng shuō bú jìn　xíng rén lín fā yòu kāi fēng
复恐匆匆说不尽，行人临发又开封。

【评介】

“行人临发又开封”这一典型细节，真所谓“眼前情事，说来在人人意中”(李瑛《诗法易简录》)。

◉王　建(约767—约830)

字仲初，颍川(今河南许昌)人。二十岁左右结识张籍，一同求学作诗。曾任陕州司马，世称王司马。有《王建诗集》十卷。王建一生沉沦下僚，对社会现实有较多的了解，其乐府诗取材广阔，立意深刻，通俗简练，富有民歌色彩，与张籍所作并称“张王乐府”。其《宫词》百首，广为传诵。

shí wǔ yè wàng yuè jì dù lángzhōng

十五夜望月寄杜郎中

zhōngtíng dì bái shù qī yā　lěng lù wú shēng shī guì huā

中庭地白树栖鸦，冷露无声湿桂花。

jīn yè yuè míng rén jìn wàng　bù zhī qiū sī luò shuí jiā

今夜月明人尽望，不知秋思落谁家？

【评介】

《唐诗选脉会通评林》引周敬评：“妙景中含，解者几人？”

雨过山村

yǔ guò shān cūn

yǔ shí jī míng yì liǎng jiā zhú xī cūn lù bǎn qiáo xié
雨时鸡鸣一两家，竹溪村路板桥斜。
fù gū xiānghuàn yù cán qù xiánzhuózhōng tíng zhī zǐ huā
妇姑相唤浴蚕去，闲着中庭栀子花。

【评介】

《唐诗别裁》评："心思之巧，辞句之秀，最易启人聪慧。"

江馆

jiāngguǎn

shuǐmiàn xì fēngshēng líng gē mànmànshēng
水面细风生，菱歌慢慢声。
kè tíng lín xiǎo shì dēng huǒ yè zhuāngmíng
客亭临小市，灯火夜妆明。

【评介】

一幅清新的江馆夜市图。

xīn jià niáng cí

新嫁娘词

sān rì rù chú xià xǐ shǒu zuò gēngtāng

三日入厨下，洗手作羹汤。

wèi ān gū shí xìng xiānqiǎn xiǎo gū cháng

未谙姑食性，先遣小姑尝。

【评介】

黄叔灿《唐诗笺注》评："入情入理，语亦天然。"

◉元　稹（779—831）

字微之，河南府（今河南省洛阳市附近）人，有《元氏长庆集》。

元稹是新乐府运动的积极提倡者，与白居易齐名，世称"元白"。他重视古代采诗以观风俗的传统，又以杜甫"即事名篇，无复倚旁"的精神作为乐府的创作方针，其所作新乐府有一定现实意义。但在主题集中、形象鲜明方面不及白居易。后人评曰："白自成大家，而元稍次。"（清赵翼《欧北诗话》）元稹的悼亡诗，对后世有影响。

xínggōng
行宫

liáo luò gǔ xínggōng gōng huā jì mò hóng
寥落古行宫，宫花寂寞红。
bái tóu gōng nǚ zài xián zuò shuōxuánzōng
白头宫女在，闲坐说玄宗。

【评介】

明瞿佑《归田诗话》评：“乐天《长恨歌》凡一百二十句，读者不厌其长；元稹《行宫》诗四句，读者不觉其短，文章之妙也。”

qiǎn bēi huái sān shǒu
遣悲怀三首

xiè gōng zuì xiǎopiān lián nǚ zì jià qián lóu bǎi shì guāi
谢公最小偏怜女，自嫁黔娄百事乖[①]。
gù wǒ wú yī sōu jìn qiè ní tā gū jiǔ bá jīn chāi
顾我无衣搜荩箧，泥他沽酒拔金钗。
yě shū chōngshàn gān cháng huò luò yè tiān xīn yǎng gǔ huái
野蔬充膳甘长藿，落叶添薪仰古槐。

① “谢公”句：宰相谢安有一侄女，名叫谢道韫，长于文学，最得谢公的怜爱。元稹妻子韦丛，是韦夏卿的幼女，韦夏卿官至太子少保，死后追赠左仆射，也是宰相之位，故以谢安比韦夏卿，以谢道韫比韦丛。黔娄：春秋时齐国贫士，元稹自幼孤寒，故以自比。

jīn rì fèngqián guò shí wàn　　yǔ jūn yíngdiàn fù yíng zhāi
今日俸钱过十万，　与君营奠复营斋。

xī rì xì yán shēn hòu shì　　jīn zhāo dōu dào yǎn qián lái
昔日戏言身后事，　今朝都到眼前来。
yī cháng yǐ shī xíng kàn jìn　　zhēnxiàn yóu cún wèi rěn kāi
衣裳已施行看尽，　针线犹存未忍开。
shàngxiǎng jiù qíng lián bì pú　　yě céng yīn mèngsòngqián cái
尚想旧情怜婢仆，　也曾因梦送钱财。
chéng zhī cǐ hèn rén rén yǒu　　pín jiàn fū qī bǎi shì āi
诚知此恨人人有，　贫贱夫妻百事哀。

xián zuò bēi jūn yì zì bēi　　bǎi nián dōu shì jǐ duō shí
闲坐悲君亦自悲，　百年都是几多时？
dèng yōu wú zǐ xún zhī mìng　　pān yuè dào wáng yóu fèi cí
邓攸无子寻知命，　潘岳悼亡犹费辞①。
tóng xué yǎo míng hé suǒ wàng　　tā shēngyuán huì gèng nán qī
同穴窅冥何所望，　他生缘会更难期。
wéi jiāngzhōng yè cháng kāi yǎn　　bào dá píngshēng wèi zhǎn méi
惟将终夜长开眼，　报答平生未展眉②。

① 邓攸无子：西晋邓攸，字伯道，官河东太守。在战乱中舍子保侄，后终身无子嗣，当时人有“天道无知，使伯道无儿”之语。此处喻指自己和韦丛婚后无子。寻知命：即将到知命之年，即五十岁。《论语·为政》：“五十而知天命。”潘岳悼亡：西晋诗人潘岳，字安，其妻早亡，作有《悼亡诗》三首，历来传诵。此处亦用来比喻自己。费辞：意谓作诗以遣悲怀，实际上还是悲怀难遣。

② 终夜长开眼：意谓彻夜难眠。无妻者称鳏夫，传说鳏鱼眼睛常不闭，故此处有不再续娶之意。事实上，后来还是续娶裴氏。未展眉：指韦丛生前一直过着清贫的生活。

【评介】

元稹为悼念原配妻子韦丛所作。韦丛，字茂之，杜陵(今陕西西安东南)人，小元稹四岁，元和四年(809)病故，年仅二十七。韦丛的父亲韦夏卿官高爵显，但元稹本人出身寒微，当时官职又不高，所以在共同生活的七年中，元、韦二人的关系可以说是“贫贱夫妻”，全组诗便以“贫贱夫妻百事哀”七字一线贯串。诗中所写，多是夫妇之间生活琐事，但一经诗人精心提炼，便都染上了浓郁的感情色彩，可谓于细微处见深情。蘅塘退士评：“古今悼亡诗充栋，终无能出此三首范围者。”

◉白居易(772—846)

字乐天，号香山居士，世称“白香山”。有《白氏长庆集》。白居易是新乐府运动主要倡导者，对当时诗歌发展起了重要的作用。他继承杜甫现实主义传统，主张“文章合为时而著，歌诗合为事而作”，以“救济人病，裨补时阙”。由于他的理论和实践，使诗歌得以突破大历十才子“流连光景”的窄狭范围，扩大了境界，能以社会政治重大问题为内容。白居易的诗风，以平易通俗著称。尤其是古体诗，意到笔随，没有雕琢拼凑的痕迹。他的长篇叙事诗《长恨歌》、《琵琶行》，具有很高的艺术价值。作者生前已是“童子解吟《长恨》曲，胡儿能唱《琵琶》篇”。

mǎi huā
买花

dì chéngchūn yù mù　　xuānxuān chē mǎ dù
帝城春欲暮，　喧喧车马度。
gòng dào mǔ dān shí　　xiāng suí mǎi huā qù
共道牡丹时，　相随买花去。
guì jiàn wú cháng jià　　chóu zhí kàn huā shù
贵贱无常价，　酬直看花数。
zhuózhuó bǎi duǒ hóng　　jiān jiān wǔ shù sù
灼灼百朵红，　戋戋五束素。
shàngzhāng wò mù bì　　páng zhī bā lí hù
上张幄幕庇，　旁织笆篱护。
shuǐ sǎ fù ní fēng　　yí lái sè rú gù
水洒复泥封，　移来色如故。
jiā jiā xí wéi sú　　rén rén mí bú wù
家家习为俗，　人人迷不悟。
yǒu yì tián shè wēng　　ǒu lái mǎi huā chù
有一田舍翁，　偶来买花处。
dī tóu dú cháng tàn　　cǐ tàn wú rén yù
低头独长叹，　此叹无人谕：
yì cóngshēn sè huā　　shí hù zhōng rén fù
一丛深色花，　十户中人赋。

【评介】

此为《秦中吟十首》之十。《唐宋诗醇》引冯班评：“白公讽刺诗，周详明直，娓娓动人，自创一体，古人无是也。凡讽喻之文欲得深稳，使言者无罪，闻者足戒，白公尽而露，其妙处正在周详，读之动人，此亦出于《小雅》也。”

chánghèn gē
长恨歌

hànhuángzhòng sè sī qīng guó　　yù yǔ duō nián qiú bù dé
汉皇重色思倾国，　御宇多年求不得。
yáng jiā yǒu nǚ chū zhǎngchéng　　yǎng zài shēn guī rén wèi shí
杨家有女初长成，　养在深闺人未识。
tiānshēng lì zhì nán zì qì　　yì zhāoxuǎn zài jūn wáng cè
天生丽质难自弃，　一朝选在君王侧。
huí móu yí xiào bǎi mèi shēng　　liù gōng fěn dài wú yán sè
回眸一笑百媚生，　六宫粉黛无颜色。
chūn hán cì yù huá qīng chí　　wēn quán shuǐ huá xǐ níng zhī
春寒赐浴华清池，　温泉水滑洗凝脂。
shì ér fú qǐ jiāo wú lì　　shǐ shì xīn chéng ēn zé shí
侍儿扶起娇无力，　始是新承恩泽时。
yún bìn huā yán jīn bù yáo　　fú róngzhàngnuǎn dù chūnxiāo
云鬓花颜金步摇，　芙蓉帐暖度春宵。
chūnxiāo kǔ duǎn rì gāo qǐ　　cóng cǐ jūn wáng bù zǎo cháo
春宵苦短日高起，　从此君王不早朝。
chénghuān shì yàn wú xián xiá　　chūncóngchūn yóu yè zhuān yè
承欢侍宴无闲暇，　春从春游夜专夜。
hòu gōng jiā lì sān qiān rén　　sān qiānchǒng ài zài yì shēn
后宫佳丽三千人，　三千宠爱在一身。
jīn wū zhuāngchéng jiāo shì yè　　yù lóu yàn bà zuì hé chūn
金屋妆成娇侍夜，　玉楼宴罢醉和春。

zǐ mèi dì xiōng jiē liè tǔ
姊妹弟兄皆列土，
kě lián guāng cǎi shēng mén hù
可怜光彩生门户。

suì lìng tiān xià fù mǔ xīn
遂令天下父母心，
bú zhòngshēng nán zhòngshēng nǚ
不重生男重生女。

lí gōng gāo chù rù qīng yún
骊宫高处入青云，
xiān yuè fēng piāo chù chù wén
仙乐风飘处处闻。

huǎn gē màn wǔ níng sī zhú
缓歌漫舞凝丝竹，
jìn rì jūn wáng kàn bù zú
尽日君王看不足。

yú yáng pí gǔ dòng dì lái
渔阳鼙鼓动地来，
jīng pò ní shang yǔ yī qǔ
惊破《霓裳羽衣曲》。

jiǔ chóngchéng què yān chénshēng
九重城阙烟尘生，
qiānchéng wàn jì xī nán xíng
千乘万骑西南行。

cuì huá yáo yáo xíng fù zhǐ
翠华摇摇行复止，
xī chū dū mén bǎi yú lǐ
西出都门百余里。

liù jūn bù fā wú nài hé
六军不发无奈何，
wǎnzhuǎn é méi mǎ qián sǐ
宛转蛾眉马前死。

huā diàn wěi dì wú rén shōu
花钿委地无人收，
cuì qiào jīn què yù sāo tóu
翠翘金雀玉搔头。

jūn wáng yǎn miàn jiù bù dé
君王掩面救不得，
huí kàn xuè lèi xiāng hé liú
回看血泪相和流。

huáng āi sǎn mànfēng xiāo suǒ
黄埃散漫风萧索，
yún zhànyíng yū dēng jiàn gé
云栈萦纡登剑阁。

é méi shān xià shǎo rén xíng
峨眉山下少人行，
jīng qí wú guāng rì sè báo
旌旗无光日色薄。

shǔ jiāngshuǐ bì shǔ shānqīng
蜀江水碧蜀山青，
shèng zhǔ zhāozhāo mù mù qíng
圣主朝朝暮暮情。

xínggōng jiàn yuè shāng xīn sè
行宫见月伤心色，
yè yǔ wén líng chángduànshēng
夜雨闻铃肠断声。

tiān xuán dì zhuàn huí lóng yù dào cǐ chóu chú bù néng qù
天旋地转回龙驭，到此踌躇不能去。
mǎ wéi pō xià ní tǔ zhōng bú jiàn yù yán kōng sǐ chù
马嵬坡下泥土中，不见玉颜空死处。
jūn chén xiāng gù jìn zhān yī dōng wàng dū mén xìn mǎ guī
君臣相顾尽沾衣，东望都门信马归。
guī lái chí yuàn jiē yī jiù tài yè fú róng wèi yāng liǔ
归来池苑皆依旧，太液芙蓉未央柳。
fú róng rú miàn liǔ rú méi duì cǐ rú hé bú lèi chuí
芙蓉如面柳如眉，对此如何不泪垂。
chūn fēng táo lǐ huā kāi rì qiū yǔ wú tóng yè luò shí
春风桃李花开日，秋雨梧桐叶落时。
xī gōng nán nèi duō qiū cǎo luò yè mǎn jiē hóng bù sǎo
西宫南内多秋草，落叶满阶红不扫。
lí yuán dì zǐ bái fà xīn jiāo fáng ā jiān qīng é lǎo
梨园弟子白发新，椒房阿监青娥老。
xī diàn yíng fēi sī qiāo rán gū dēng tiǎo jìn wèi chéng mián
夕殿萤飞思悄然，孤灯挑尽未成眠。
chí chí zhōng gǔ chū cháng yè gěng gěng xīng hé yù shǔ tiān
迟迟钟鼓初长夜，耿耿星河欲曙天。
yuān yāng wǎ lěng shuāng huá zhòng fěi cuì qīn hán shuí yǔ gòng
鸳鸯瓦冷霜华重，翡翠衾寒谁与共。
yōu yōu shēng sǐ bié jīng nián hún pò bù céng lái rù mèng
悠悠生死别经年，魂魄不曾来入梦。
lín qióng dào shì hóng dū kè néng yǐ jīng chéng zhì hún pò
临邛道士鸿都客，能以精诚致魂魄。
wèi gǎn jūn wáng zhǎn zhuǎn sī suì jiào fāng shì yīn qín mì
为感君王辗转思，遂教方士殷勤觅。

pái kōng yù qì bēn rú diàn shēng tiān rù dì qiú zhī biàn
排空驭气奔如电，升天入地求之遍。

shàng qióng bì luò xià huáng quán liǎng chù máng máng jiē bú jiàn
上穷碧落下黄泉，两处茫茫皆不见。

hū wén hǎi shàng yǒu xiān shān shān zài xū wú piāo miǎo jiān
忽闻海上有仙山，山在虚无缥缈间。

lóu gé líng lóng wǔ yún qǐ qí zhōng chuò yuē duō xiān zǐ
楼阁玲珑五云起，其中绰约多仙子。

zhōng yǒu yì rén zì tài zhēn xuě fū huā mào cēn cī shì
中有一人字太真，雪肤花貌参差是。

jīn què xī xiāng kòu yù jiōng zhuǎn jiāo xiǎo yù bào shuāng chéng
金阙西厢叩玉扃，转教小玉报双成。

wén dào hàn jiā tiān zǐ shǐ jiǔ huá zhàng lǐ mèng hún jīng
闻道汉家天子使，九华帐里梦魂惊。

lǎn yī tuī zhěn qǐ pái huái zhū bó yín píng lǐ yí kāi
揽衣推枕起徘徊，珠箔银屏逦迤开。

yún bìn bàn piān xīn shuì jiào huā guān bù zhěng xià táng lái
云髻半偏新睡觉，花冠不整下堂来。

fēng chuī xiān mèi piāo yáo jǔ yóu sì ní cháng yǔ yī wǔ
风吹仙袂飘飖举，犹似霓裳羽衣舞。

yù róng jì mò lèi lán gān lí huā yì zhī chūn dài yǔ
玉容寂寞泪阑干，梨花一枝春带雨。

hán qíng níng dì xiè jūn wáng yì bié yīn róng liǎng miǎo máng
含情凝睇谢君王，一别音容两渺茫。

zhāo yáng diàn lǐ ēn ài jué péng lái gōng zhōng rì yuè cháng
昭阳殿里恩爱绝，蓬莱宫中日月长。

huí tóu xià wàng rén huán chù bú jiàn cháng ān jiàn chén wù
回头下望人寰处，不见长安见尘雾。

wéi jiāng jiù wù biǎoshēnqíng　　diàn hé jīn chāi jì jiāng qù
唯将旧物表深情，钿合金钗寄将去。
chāi liú yì gǔ hé yí shàn　　chāi bò huáng jīn hé fēn diàn
钗留一股合一扇，钗擘黄金合分钿。
dàn jiào xīn sì jīn diàn jiān　　tiān shàng rén jiān huì xiāng jiàn
但教心似金钿坚，天上人间会相见。
lín bié yīn qín chóng jì cí　　cí zhōng yǒu shì liǎng xīn zhī
临别殷勤重寄词，词中有誓两心知。
qī yuè qī rì chángshēngdiàn　　yè bàn wú rén sī yǔ shí
七月七日长生殿，夜半无人私语时。
zài tiān yuàn zuò bǐ yì niǎo　　zài dì yuàn wéi lián lǐ zhī
在天愿作比翼鸟，在地愿为连理枝。
tiān cháng dì jiǔ yǒu shí jìn　　cǐ hèn miánmián wú jué qī
天长地久有时尽，此恨绵绵无绝期。

【评介】

此诗既是对安史之乱进行反思的产物，同时也受到中唐兴盛起来的传奇小说的影响。因为是反思，就少不了批评、讽刺；因为受到小说的影响，就要讲究故事的生动、曲折、完整。在创作方法上，就表现为既有现实主义的深细描绘，又有浪漫主义的瑰丽想象。但结构上却是天衣无缝，一气舒卷。加上语言婉转流美，便于理解和歌唱，更增添了这首长诗的艺术感染力，被前人推崇为“千古绝作”（清赵翼《瓯北诗话》）。

pí pa xíng　bìng xù
琵琶行（并序）

元和十年，予左迁九江郡司马。明年秋，送客湓浦口，闻舟中夜弹琵琶者。听其音，铮铮然有京都声。问其人，本长安倡女，尝学琵琶于穆、曹二善才，年长色衰，委身为贾人妇。遂命酒，使快弹数曲。曲罢悯然。自叙少小时欢乐事，今漂沦憔悴，转徙于江湖间。予出官二年，恬然自安。感斯人言，是夕始觉有迁谪意。因为长句，歌以赠之，凡六百一十二言，命曰《琵琶行》。

xún yángjiāng tóu yè sòng kè　fēng yè dí huā qiū sè sè
浔阳江头夜送客，枫叶荻花秋瑟瑟。
zhǔ rén xià mǎ kè zài chuán　jǔ jiǔ yù yǐn wú guǎnxián
主人下马客在船，举酒欲饮无管弦。
zuì bù chénghuān cǎn jiāng bié　bié shí mángmángjiāng jìn yuè
醉不成欢惨将别，别时茫茫江浸月。
hū wén shuǐshàng pí pa shēng　zhǔ rén wàng guī kè bù fā
忽闻水上琵琶声，主人忘归客不发。
xún shēng àn wèn tán zhě shuí　pí pa shēng tíng yù yǔ chí
寻声暗问弹者谁，琵琶声停欲语迟。
yí chuánxiāng jìn yāo xiāng jiàn　tiān jiǔ huí dēngchóng kāi yàn
移船相近邀相见，添酒回灯重开宴。
qiān hū wànhuàn shǐ chū lái　yóu bào pí pa bàn zhē miàn
千呼万唤始出来，犹抱琵琶半遮面。
zhuǎnzhóu bō xián sān liǎngshēng　wèi chéng qǔ diàoxiān yǒu qíng
转轴拨弦三两声，未成曲调先有情。
xiánxián yǎn yì shēngshēng sī　sì sù píngshēng bù dé zhì
弦弦掩抑声声思，似诉平生不得志。
dī méi xìn shǒu xù xù tán　shuō jìn xīn zhōng wú xiàn shì
低眉信手续续弹，说尽心中无限事。
qīng lǒng màn niǎn mǒ fù tiāo　chū wéi ní shang hòu liù yāo
轻拢慢捻抹复挑，初为《霓裳》后《六幺》。

dà xián cáo cáo rú jí yǔ　xiǎo xián qiè qiè rú sī yǔ
大弦嘈嘈如急雨，小弦切切如私语。
cáo cáo qiè qiè cuò zá tán　dà zhū xiǎo zhū luò yù pán
嘈嘈切切错杂弹，大珠小珠落玉盘。
jiān guān yīng yǔ huā dǐ huá　yōu yè quán liú bīng xià nán
间关莺语花底滑，幽咽泉流冰下难。
bīng quán lěng sè xián níng jué　níng jué bù tōng shēng jiàn xiē
冰泉冷涩弦凝绝，凝绝不通声渐歇。
bié yǒu yōu chóu àn hèn shēng　cǐ shí wú shēng shèng yǒu shēng
别有幽愁暗恨生，此时无声胜有声。
yín píng zhà pò shuǐ jiāng bèng　tiě jì tū chū dāo qiāng míng
银瓶乍破水浆迸，铁骑突出刀枪鸣。
qǔ zhōng shōu bō dāng xīn huà　sì xián yī shēng rú liè bó
曲终收拨当心画，四弦一声如裂帛。
dōng chuán xī fǎng qiāo wú yán　wéi jiàn jiāng xīn qiū yuè bái
东船西舫悄无言，唯见江心秋月白。
chén yín fàng bō chā xián zhōng　zhěng dùn yī cháng qǐ liǎn róng
沉吟放拨插弦中，整顿衣裳起敛容。
zì yán běn shì jīng chéng nǚ　jiā zài xiā má líng xià zhù
自言本是京城女，家在虾蟆陵下住。
shí sān xué dé pí pa chéng　míng shǔ jiāo fāng dì yī bù
十三学得琵琶成，名属教坊第一部。
qǔ bà céng jiào shàn cái fú　zhuāng chéng měi bèi qiū niáng dù
曲罢曾教善才伏，妆成每被秋娘妒。
wǔ líng nián shào zhēng chán tóu　yì qǔ hóng xiāo bù zhī shù
五陵年少争缠头，一曲红绡不知数。
diàn tóu yún bì jī jié suì　xuè sè luó qún fān jiǔ wū
钿头云篦击节碎，血色罗裙翻酒污。

jīn niánhuānxiào fù míngnián　qiū yuè chūnfēngděngxián dù
今年欢笑复明年，秋月春风等闲度。

dì zǒu cóng jūn ā yí sǐ　mù qù zhāo lái yán sè gù
弟走从军阿姨死，暮去朝来颜色故。

ménqiánlěng luò chē mǎ xī　lǎo dà jià zuò shāng rén fù
门前冷落车马稀，老大嫁作商人妇。

shāng rén zhòng lì qīng bié lí　qián yuè fú liáng mǎi chá qù
商人重利轻别离，前月浮梁买茶去。

qù lái jiāng kǒu shǒukōngchuán　rào cāng yuè míngjiāngshuǐ hán
去来江口守空船，绕舱月明江水寒。

yè shēn hū mèngshàonián shì　mèng tí zhuāng lèi hóng lán gān
夜深忽梦少年事，梦啼妆泪红阑干。

wǒ wén pí pa yǐ tàn xī　yòu wén cǐ yǔ chóng jī jī
我闻琵琶已叹息，又闻此语重唧唧。

tóng shì tiān yá lún luò rén　xiāngféng hé bì céngxiāng shí
同是天涯沦落人，相逢何必曾相识。

wǒ cóng qù nián cí dì jīng　zhé jū wò bìng xún yángchéng
“我从去年辞帝京，谪居卧病浔阳城。

xún yáng dì pì wú yīn yuè　zhōng suì bù wén sī zhú shēng
浔阳地僻无音乐，终岁不闻丝竹声。

zhù jìn pénjiāng dì dī shī　huáng lú kǔ zhú rào zháishēng
住近湓江地低湿，黄芦苦竹绕宅生。

qí jiān dàn mù wén hé wù　dù juān tí xuè yuán āi míng
其间旦暮闻何物，杜鹃啼血猿哀鸣。

chūnjiāng huā zhāo qiū yuè yè　wǎngwǎng qǔ jiǔ hái dú qīng
春江花朝秋月夜，往往取酒还独倾。

qǐ wú shān gē yǔ cūn dí　ōu yǎ zhāo zhā nán wéi tīng
岂无山歌与村笛，呕哑嘲哳难为听。

jīn yè wén jūn pí pa yǔ　rú tīng xiān yuè ěr zàn míng
今夜闻君琵琶语，如听仙乐耳暂明。
mò cí gèng zuò tán yì qǔ　wéi jūn fān zuò pí pa xíng
莫辞更坐弹一曲，为君翻作琵琶行。”
gǎn wǒ cǐ yán liáng jiǔ lì　què zuò cù xián xián zhuǎn jí
感我此言良久立，却坐促弦弦转急。
qī qī bú sì xiàng qián shēng　mǎn zuò chóng wén jiē yǎn qì
凄凄不似向前声，满座重闻皆掩泣。
zuò zhōng qì xià shuí zuì duō　jiāng zhōu sī mǎ qīng shān shī
座中泣下谁最多？江州司马青衫湿。

【评介】

此诗千百年来脍炙人口，它非常艺术地表现了人与人之间获取相互理解，产生情感共鸣的心灵历程。“同是天涯沦落人，相逢何必曾相识”是一篇主旨。诗作对于音乐的描绘也很成功。《唐宋诗醇》评：“满腔迁谪之感，借商妇以发之，有同病相怜之意焉。比兴相纬，寄托遥深，其意微以显，其音哀以思，其辞丽以则。”

qián táng hú chūn xíng
钱塘湖春行

gū shān sì běi jiǎ tíng xī　shuǐ miàn chū píng yún jiǎo dī
孤山寺北贾亭西，水面初平云脚低。
jǐ chù zǎo yīng zhēng nuǎn shù　shuí jiā xīn yàn zhuó chūn ní
几处早莺争暖树，谁家新燕啄春泥。
luàn huā jiàn yù mí rén yǎn　qiǎn cǎo cái néng mò mǎ tí
乱花渐欲迷人眼，浅草才能没马蹄。

zuì ài hú dōngxíng bù zú　　lǜ yáng yīn lǐ bái shā dī
最爱湖东行不足，　绿杨荫里白沙堤。

【评介】

诗中的“初平”、“渐欲”、“才能”，生动准确地勾勒出水、云、花、草在早春时的景色特征；“争暖树”、“啄春泥”等景物描写也很简练传神。地点的频频转换，花鸟的扑入眼帘，显示出信马游春的特点。

fàng yán　zèng jūn　yì　fǎ　jué　hú　yí
放言（赠君一法决狐疑）

zèng jūn　yì　fǎ　jué　hú　yí　　bú yòngzuàn guī　yǔ　zhù　shī
赠君一法决狐疑，　不用钻龟与祝蓍。
shì　yù　yào shāo sān　rì　mǎn　　biàn cái　xū　dài　qī　nián　qī
试玉要烧三日满，　辨材须待七年期。
zhōugōngkǒng　jù　liú　yán　rì　　wángmǎngqiāngōng　wèi cuàn shí
周公恐惧流言日，　王莽谦恭未篡时。
xiàng shǐ dāng chū shēnbiàn　sǐ　　yì shēngzhēn wěi　fù　shuí zhī
向使当初身便死，　一生真伪复谁知。

【评介】

这是一首富于理趣的好诗，诗的意思虽然很明确，但出语却纡徐委婉，令人思之有理，读之有味。

mù jiāng yín

暮江吟

yí dào cán yáng pū shuǐ zhōng bàn jiāng sè sè bàn jiāng hóng

一道残阳铺水中，半江瑟瑟半江红。

kě lián jiǔ yuè chū sān yè lù sì zhēn zhū yuè sì gōng

可怜九月初三夜，露似真珠月似弓。

【评介】

《唐宋诗醇》评：“写景奇丽，是一幅着色秋江图。”

wèn liú shí jiǔ

问刘十九

lǜ yǐ xīn pēi jiǔ hóng ní xiǎo huǒ lú

绿蚁新醅酒，红泥小火炉。

wǎn lái tiān yù xuě néng yǐn yì bēi wú

晚来天欲雪，能饮一杯无[①]？

【评介】

本篇以诗代柬，十分亲切。俞陛云《诗境浅说续编》评：“寻常之事，人人意中所有，而笔不能达者，得生花江管写之，便成绝唱。”

---

① 刘十九：名不详，十九是排行，嵩阳（今河南登封）人。绿蚁：酒面浮花，绿色。新醅酒：未过滤的新酒。唐人以新醅酒为贵。无：否。

◉柳宗元(773—819)

字子厚，河东(今山西省永济县)人。贞元九年(793)进士，有《柳河东集》。柳宗元是杰出的思想家，卓越的散文家，在诗歌方面也卓然成家。他的诗大都抒写贬谪生活和对山水景物的欣赏寄托，时时流露出愤懑不平的情绪。他的另一部分诗篇，或同情人民疾苦，或以寓言的形式谴责政敌们的卑劣凶残，具有现实性。其古诗受谢灵运的影响，大都描写自然山水，运思精密，着力于字句的选择和锤炼，表达出峻洁、澄澈的境界，其中一些好诗，体现了"枯"和"膏"、"淡"和"浓"的统一。他的近体诗则写得情致缠绵，色彩绚丽，别具一种风格。

jiāng xuě
江雪

qiānshānniǎo fēi jué　wàn jìng rén zōng miè
千山鸟飞绝，万径人踪灭。
gū zhōu suō lì wēng　dú diào hán jiāng xuě
孤舟蓑笠翁，独钓寒江雪。

【评介】

借雪景表现了诗人清高孤傲的性格特点。黄生《唐诗摘钞》评："此等作真是诗中有画，不必更作寒江独钓图也。"

chóu cáo shì yù guò xiàng xiàn jiàn jì

酬曹侍御过象县见寄

pò é shān qián bì yù liú　sāo rén yáo zhù mù lán zhōu
破额山前碧玉流，骚人遥驻木兰舟。
chūn fēng wú xiàn xiāo xiāng yì　yù cǎi pín huā bú zì yóu
春风无限潇湘意，欲采蘋花不自由。

【评介】

以婉曲之笔，抒幽怨之思，宋顾乐《唐人万首绝句选评》评："风人骚思，百读而味不穷，真绝作也。"

dēng liǔ zhōu chéng lóu jì zhāng tīng fēng lián sì zhōu cì shǐ

登柳州城楼寄漳汀封连四州刺史[①]

chéng shàng gāo lóu jiē dà huāng　hǎi tiān chóu sī zhèng máng máng
城上高楼接大荒，海天愁思正茫茫。
jīng fēng luàn zhǎn fú róng shuǐ　mì yǔ xié qīn bì lì qiáng
惊风乱飐芙蓉水，密雨斜侵薜荔墙。
lǐng shù chóng zhē qiān lǐ mù　jiāng liú qū sì jiǔ huí cháng
岭树重遮千里目，江流曲似九回肠。

① 唐顺宗永贞元年(805)，王叔文集团革新失败，柳宗元等八人被贬远方州郡司马，时称"八司马"。宪宗元和十年(815)正月，除已经逝世的二人和另有任用的一人外，柳宗元等五人奉诏进京，又被贬为更远的州郡刺史。本诗便是六月作者赴柳州刺史任后所作。

gòng lái bǎi yuè wén shēn dì　　yóu zì yīn shū zhì yì xiāng
共来百越文身地，犹自音书滞一乡。

【评介】

名篇，历来评价甚高。元好问编《唐诗鼓吹》以之置于篇首。

yú wēng
渔翁

yú wēng yè bàng xī yán sù　　xiǎo jí qīng xiāng rán chǔ zhú
渔翁夜傍西岩宿，晓汲清湘燃楚竹。
yān xiāo rì chū bú jiàn rén　　ǎi nǎi yì shēng shān shuǐ lǜ
烟销日出不见人，欸乃一声山水绿。
huí kàn tiān jì xià zhōng liú　　yán shàng wú xīn yún xiāng zhú
回看天际下中流，岩上无心云相逐。

【评介】

此诗作于柳州。诗人笔下的渔翁，仿佛融化在青山绿水、蓝天白云间。反映了作者遭贬后企图超脱的心理。

◉刘禹锡（772—842）

字梦得，洛阳（今河南洛阳）人，祖籍中山（今河北定州）。贞元九年（793）与柳宗元同榜登进士第。晚年任太子宾客，世称“刘宾客”。有《刘梦得文集》四十卷。刘禹锡之诗与白居易齐名，世称“刘白”。其诗沉着豪放，白居易誉之“诗豪”。他善于向民歌学习，所作《竹枝词》，风格清新，于唐人绝句中别创一格。

shí tóu chéng
石头城

shān wéi gù guó zhōu zāo zài　cháo dǎ kōng chéng jì mò huí
山围故国周遭在，潮打空城寂寞回。
huái shuǐ dōng biān jiù shí yuè　yè shēn hái guò nǚ qiáng lái
淮水东边旧时月，夜深还过女墙来。

【评介】

《金陵五题》是刘禹锡咏怀金陵（今江苏南京）古迹的一组绝句，此为其中的第一首。《金陵五题序》云：“他日友人白乐天掉头苦吟，叹赏良久，且曰：《石头》诗云‘潮打空城寂寞回’，吾知后之诗人不复措辞矣。余四咏虽不及此，亦不孤乐天之言耳。”可见白居易特别推崇此诗，作者本人也极重视本首。

wū yī xiàng

乌衣巷

zhū què qiáobiān yě cǎo huā　wū yī xiàng kǒu xī yáng xié

朱雀桥边野草花，乌衣巷口夕阳斜。

jiù shí wáng xiè tángqián yàn　fēi rù xún cháng bǎi xìng jiā

旧时王谢堂前燕，飞入寻常百姓家。

【评介】

此为《金陵五题》第二首，通篇写景，不着一字议论，而含蓄深沉，耐人吟咏。

yuán hé shí nián zì lǎngzhōuzhāo zhì jīng　xì zèng kàn huā zhū jūn zǐ

元和十年自朗州召至京，戏赠看花诸君子

zǐ mò hóngchén fú miàn lái　wú rén bú dào kàn huā huí

紫陌红尘拂面来，无人不道看花回。

xuán dū guàn lǐ táo qiān shù　jìn shì liú láng qù hòu zāi

玄都观里桃千树，尽是刘郎去后栽。

【评介】

诗中以“桃花”暗喻朝中某些新贵是由于王叔文集团失败，攀附新当权者才被提拔起来的。此诗一出，因“诗语讥忿”作者再遭贬逐。

zài yóu xuán dū guàn
再游玄都观

bǎi mǔ tíng zhōng bàn shì tái táo huā jìng jìn cài huā kāi
百亩庭中半是苔，桃花净尽菜花开。
zhǒng táo dào shì guī hé chù qián dù liú láng jīn yòu lái
种桃道士归何处？前度刘郎今又来。

【评介】

此诗是上篇的续篇。诗前有序云："余贞元二十一年为屯田员外郎时，此观未有花。是岁出牧连州(今广东省连县)，寻改朗州司马。居十年，召至京师。人人皆言，有道士手植仙桃满观，如红霞，遂有前篇，以志一时之事。旋又出牧。今十有四年，复为主客郎中，重游玄都观，荡然无复一树，惟兔葵、燕麦动摇于春风耳。因再题二十八字，以俟后游。时大和二年三月。"

wàng dòng tíng
望洞庭

hú guāng qiū yuè liǎng xiāng hé tán miàn wú fēng jìng wèi mó
湖光秋月两相和，潭面无风镜未磨。
yáo wàng dòng tíng shān shuǐ sè bái yín pán lǐ yì qīng luó
遥望洞庭山水色，白银盘里一青螺。

【评介】

长庆四年(824)八月，刘禹锡自夔州(今四川奉节)刺史转和州(今安徽和县)刺史，途中游洞庭湖所作。诗人笔下的洞庭湖风平浪静，在月色的笼罩下仿佛是一面未经磨拭的铜镜，又仿佛一只光彩四溢的银盘，而翠绿的君山就像点缀在盘中的一枚玲珑剔透的青螺。天然巧喻，画面极美。

hè lè tiān chūn cí

和乐天《春词》

xīn zhuāng yí miàn xià zhū lóu shēn suǒ chūnguāng yí yuànchóu

新妆宜面下朱楼，深锁春光一院愁。

xíng dào zhōngtíng shǔ huā duǒ qīngtíng fēi shàng yù sāo tóu

行到中庭数花朵，蜻蜓飞上玉搔头。

【评介】

乐天《春词》：“低花树映小妆楼，春入眉心两点愁。斜倚栏杆背鹦鹉，思量何事不回头。”同写闺中女子之愁，此诗写得更为婉曲新颖，别出心裁。

zhú zhī cí yáng liǔ qīngqīngjiāngshuǐpíng

竹枝词(杨柳青青江水平)

yáng liǔ qīngqīngjiāngshuǐpíng wénlángjiāngshàngchàng gē shēng

杨柳青青江水平，闻郎江上唱歌声。

dōngbiān rì chū xī biān yǔ　dào shì wú qíng què yǒu qíng
东边日出西边雨，道是无晴却有晴。

【评介】

竹枝词本为巴渝民歌，刘禹锡为夔州（今四川奉节）刺史时曾有仿作，现存两组，一组二首，一组九首，此为二首中的第一首。首二句借杨柳、江水起兴，是本地风光，语虽浅显，却以风韵摇曳见长。后二句言东西晴雨不同，以“晴”字借作“情”字，无情而有情，言郎唱歌之情费人猜想，己之多情自在不言之中。俞陛云评：“双关巧语，妙手偶得之。”（《诗境浅说》）

chóu lè tiān yángzhōu chū féng xí shàng jiàn zèng
酬乐天扬州初逢席上见赠[①]

bā shān chǔ shuǐ qī liáng dì　èr shí sān nián qì zhì shēn
巴山楚水凄凉地，二十三年弃置身。
huái jiù kōng yín wén dí fù　dào xiāng fān sì làn kē rén
怀旧空吟闻笛赋，到乡翻似烂柯人[②]。
chénzhōu cè pàn qiān fān guò　bìng shù qián tóu wàn mù chūn
沉舟侧畔千帆过，病树前头万木春。

---

① 唐敬宗宝历二年（826）冬，刘禹锡罢和州（今安徽和县）刺史，奉调回洛阳。途经扬州，与白居易相逢。白居易作《醉赠刘二十八使君》诗。本篇即是对白诗的酬答。

② 闻笛赋：晋人向秀途经亡友嵇康、吕安旧居，听见邻人吹笛，悲而作《思旧赋》。此句即怀念亡友之意。烂柯人：《述异记》载，晋人王质进山打柴，看见两个童子对弈，便停下观看。等到终局，手中的斧柄（柯）已经朽烂。回村以后，才知道已经过了一百多年，同时人都已死尽。

jīn rì tīng jūn gē yì qǔ　zàn píng bēi jiǔ zhǎng jīng shén
今日听君歌一曲，暂凭杯酒长精神。

【评介】

唐敬宗宝历二年(826)冬，刘禹锡罢和州刺史，奉调回洛阳，途经扬州，白居易有诗相赠，本篇即是对白居易的酬答。刘禹锡久遭弃置，已入残年，虽不无惆怅，但终以旷达心境处之。“诗豪”的性格特点，由此可见。“沉舟”二句，是广为传诵的名句。

◉张　祜（约785—约852）

字承呈，举进士不第。元和、长庆间，以诗名著于当时。天平军节度使令孤楚重其才，亲自草表力荐，为元稹所抑，由是寂寞而归，以处士终身。有《张祜诗集》二卷。

hé mǎn zǐ
何满子

gù guó sān qiān lǐ　shēn gōng èr shí nián
故国三千里[①]，深宫二十年。

---

① 题一作《宫词》，为唐教坊曲名。白居易《听歌六绝句》之五自注：“开元中，沧州有歌者何满子，临刑进此曲以赎死，上竟不允。”又苏鹗《杜阳杂编》：“文宗时，宫人沈翠翘为帝舞《何满子》，调辞风态，率皆宛畅。”可见亦是舞曲。原诗两首，此为第一首。故国：故乡。

yì shēng hé mǎn zǐ shuāng lèi luò jūn qián
一声何满子，双泪落君前。

【评介】

杜牧对此诗评价甚高，其《酬张祜处士见寄长句四韵》云：“可怜‘故国三千里’，虚唱歌词满六宫。”他从此诗中看出张祜的才能，又为张祜怀才不遇抱不平。首句写离家距离之远，次句写幽居深宫时间之长，既远且长，沉哀积怨，借一声《何满子》而发，故双泪迸落，不能自已。

据《唐诗纪要》，张祜此诗，传入宫中，武宗病危时，孟才人曾唱此诗，唱至“一声《何满子》”，气绝而死。张祜为此作《孟才人叹》云：“偶因歌态咏娇颦，传唱宫中二十春。却为一声《何满子》，下泉须吊旧才人。”这说明张祜此诗具有强烈的艺术感染力，因而引起了深宫女子的情感共鸣。

tí jīn líng dù
题金陵渡

jīn líng jīn dù xiǎo shān lóu yí sù xíng rén zì kě chóu
金陵津渡小山楼，一宿行人自可愁。
cháo luò yè jiāng xié yuè lǐ liǎng sān xīng huǒ shì guā zhōu
潮落夜江斜月里，两三星火是瓜洲。

【评介】

此诗写景极妙。“潮落夜江斜月”的大背景，得“两三星火”一衬便显得格外宁静、清迥，而行人的一宿旅愁正融会在这迷茫的江景之中。

jí líng tái

集灵台[①]

guó guó fū rén chéng zhǔ ēn píngmíng qí mǎ rù gōngmén
虢国夫人承主恩，平明骑马入宫门。
què xián zhī fěn wū yán sè dàn sǎo é méi cháo zhì zūn
却嫌脂粉污颜色，淡扫蛾眉朝至尊[②]。

【评介】

脍炙人口的名篇。骑马入宫，足见其骄纵；淡扫蛾眉，足见其妖艳。直赋其事，玄宗之荒淫自见。

① 集灵台：即长生殿，在华清宫内。天宝元年（742）十月造，为祭神之殿。

② 虢国夫人：《旧唐书·杨贵妃传》："太真有姊三人，皆有才貌，并封国夫人，大姨封韩国，三姨封虢国，八姨封秦国，并承恩泽，出入宫掖，势倾天下。"其中最突出的，便是三姨虢国夫人。平明骑马：《明皇杂录》："虢国夫人每入禁中，常乘骢马，使小黄门御。紫骢之骏健，黄门之端秀，皆冠绝一时。""却嫌"二句：《太真外传》："虢国不施妆粉，自炫美艳，常素面朝天。"

◉朱庆余（生卒年不详）

字可久，敬宗宝历二年（826）进士，他是学张籍而又能自具面目的诗人。《全唐诗》录存其诗二卷。

guī yì xiànzhāngshuǐ bù

闺意献张水部

dòngfáng zuó yè tíng hóng zhú　　dài xiǎo táng qián bài jiù gū

洞房昨夜停红烛，　待晓堂前拜舅姑。

zhuāng bà dī shēng wèn fū xù　　huà méi shēn qiǎn rù shí wú

妆罢低声问夫婿，画眉深浅入时无？

【评介】

此诗用比兴，借闺房情事隐喻考试，委婉含蓄而富有诗意。张籍作《酬朱庆余》答之，亦是用同样的比兴手法："越女新妆出镜心，自知明艳更沉吟。齐纨未是人间贵，一曲菱歌敌万金。"朱庆余是越州（今浙江绍兴）人，越州又有镜湖名胜，故诗中有"越女"、"出镜心"云云。

gōng cí　jì jì huā shí bì yuàn mén

宫词（寂寂花时闭院门）

jì jì huā shí bì yuàn mén　　měi rén xiāng bìng lì qióng xuān

寂寂花时闭院门，　美人相并立琼轩[①]。

① 琼轩：装饰华丽的长廊。轩：长廊。

hán qíng yù shuō gōng zhōng shì　　yīng wǔ qián tóu bù gǎn yán
含情欲说宫中事，鹦鹉前头不敢言。

【评介】

宫怨诗。鹦鹉在前，欲言又止，反映出封建帝王的深宫，正是无声之地狱。前人评此诗："机警，寄怨特深。"(《精选评注五朝诗学津梁》)

◉崔　护（约768—约830）

字殷功，博陵(今河北定县)人。贞元十二年(796)进士，官至岭南节度使。《全唐诗》录存其诗六首。

tí dū chéng nán zhuāng
题都城南庄

qù nián jīn rì cǐ mén zhōng　　rén miàn táo huā xiāng yìng hóng
去年今日此门中，人面桃花相映红。
rén miàn zhī jīn hé chù zài　　táo huā yī jiù xiào chūn fēng
人面只今何处在，桃花依旧笑春风。

【评介】

据孟棨《本事诗》，崔护曾于清明日独游长安城南，因口渴求饮，有女子殷勤接待，二人相互属意。次年清明寻之，风景依然，而门锁人去，崔护遂题此诗于门上。此诗从两幅场景的转换和对比中，体现出诗人细腻的情感。“人面只今何处在”原作“人面不知何处去”，清人吴乔《围炉诗话》认为改得好，“以有‘今’字，则前后交付明白，重字不惜也”，并以其作为“唐人作诗，意细法密”的一个例证。

◉李　贺（790—816）

字长吉，因父名晋肃，与“进”同音，忌才者以李贺应避父讳而不得考进士科，未能应举。终身穷愁失意，卒年仅二十七。穷愁潦倒的际遇，使李贺感到没有前途，悲愤抑郁之余，便刻意追求艺术上的创新，并深信可以取得成功。当时诗坛，韩、柳、元、白竞起争鸣，李贺继承《楚辞》的浪漫主义精神，又从汉魏六朝乐府及萧梁艳体诗多有汲取，搜奇猎艳，惨淡经营，以丰富的想象力和新颖诡异的语言，表现出幽奇神秘的意境，形成了他独创的风格。李诗多感时伤逝之作，且务求新奇，尽脱窠臼，其人其诗有“奇才”、“鬼才”、“鬼仙之词”之称。

yàn mén tài shǒuxíng 雁门太守行

hēi yún yā chéngchéng yù cuī　jiǎ guāngxiàng rì jīn lín kāi
黑云压城城欲摧，甲光向日金鳞开[①]。
jiǎo shēngmǎn tiān qiū sè lǐ　sài shàng yān zhī níng yè zǐ
角声满天秋色里，塞上燕脂凝夜紫[②]。
bàn juǎnhóng qí lín yì shuǐ　shuāngzhòng gǔ hán shēng bù qǐ
半卷红旗临易水，霜重鼓寒声不起。
bào jūn huáng jīn tái shàng yì　tí xié yù lóng wéi jūn sǐ
报君黄金台上意，提携玉龙为君死。

【评介】

此诗写战斗场面，瑰奇变幻：当黑云压城之时，忽有日光穿云而出，映照闪动金甲、殷红血水，可知战争之残酷；苍茫秋色中，角声满天，鼓寒声咽，可知战事之不利。末联写将军一剑尚存，以死报国，苍凉中透露出悲壮。《唐诗选脉会通评林》引周敬评：“苹精求异，刻画点缀，真好气骨，好才思。”

---

① “黑云”句：形容敌方大军压境，气势汹汹。“甲光”句：形容铁甲在日光下闪耀。

② 燕脂：通“胭脂”。燕脂凝夜紫：或说指暮色霞光，或说指战场血迹，或说指长城附近紫色的泥土。

lǐ píngkōng hóu yǐn

李凭箜篌引[1]

wú sī shǔ tóngzhāng gāo qiū　　kōngshānníng yún tuí bù liú

吴丝蜀桐张高秋，　空山凝云颓不流。

jiāng é tí zhú sù nǚ chóu　　lǐ píngzhōng guó tán kōng hóu

江娥啼竹素女愁，　李凭中国弹箜篌[2]。

kūn shān yù suì fènghuáng jiào　　fú róng qì lù xiāng lán xiào

昆山玉碎凤凰叫，　芙蓉泣露香兰笑。

shí èr ménqiánrónglěngguāng　　èr shí sān sī dòng zǐ huáng

十二门前融冷光，　二十三丝动紫皇。

nǚ wā liàn shí bǔ tiān chù　　shí pò tiān jīng dòu qiū yǔ

女娲炼石补天处，　石破天惊逗秋雨。

mèng rù shénshān jiào shén yù　　lǎo yú tiào bō shòu jiāo wǔ

梦入神山教神妪，　老鱼跳波瘦蛟舞。

wú zhì bù mián yǐ guì shù　　lù jiǎo xié fēi shī hán tù

吴质不眠倚桂树，　露脚斜飞湿寒兔[3]。

【评介】

此诗与韩愈《听颖师弹琴》、白居易《琵琶行》同为唐诗中描绘音乐的名篇，被并称为“摹写声音至文”（方扶南《李长吉诗集

① 李凭：供奉宫廷的梨园弟子，以弹箜篌擅长。箜篌：弦乐器的一种。

② 吴丝蜀桐：形容箜篌的精美。吴地产蚕丝，适宜制作琴弦；蜀地产桐木，适宜制作琴身。张：弹奏。高秋：暮秋，深秋。颓：堆集、凝聚的样子。中国：国中，此处指都城长安。

③ 吴质：即神话传说在月中砍伐桂树的吴刚。寒兔：月中玉兔。

批注》)。吴汝纶评:"通体皆从神理中曲曲摹绘,出神入幽,无一字落恒人蹊径。"(《唐末诗举要》)

jīn tóng xiān rén cí hàn gē bìng xù

金铜仙人辞汉歌(并序)

魏明帝青龙九年八月,诏宫官牵车西取汉孝武捧露盘仙人,欲立置前殿。宫官既拆盘,仙人临载乃潸然泪下。唐诸王孙李长吉遂作《金铜仙人辞汉歌》①。

mào líng liú láng qiū fēng kè　yè wén mǎ sī xiǎo wú jì
茂陵刘郎秋风客,夜闻马嘶晓无迹。
huà lán guì shù xuán qiū xiāng　sān shí liù gōng tǔ huā bì
画栏桂树悬秋香,三十六宫土花碧。
wèi guān qiān chē zhǐ qiān lǐ　dōng guān suān fēng shè móu zǐ
魏官牵车指千里,东关酸风射眸子。
kōng jiāng hàn yuè chū gōng mén　yì jūn qīng lèi rú qiān shuǐ
空将汉月出宫门,忆君清泪如铅水。
shuāi lán sòng kè xián yáng dào　tiān ruò yǒu qíng tiān yì lǎo
衰兰送客咸阳道,天若有情天亦老。
xié pán dú chū yuè huāng liáng　wèi chéng yǐ yuǎn bō shēng xiǎo
携盘独出月荒凉,渭城已远波声小。

① 《魏略》记载,汉武帝刘彻为企求长生,曾在长安建章宫前造神明台,上有铜铸仙人以手抵承露盘,取所储露水和玉屑服之。魏明帝迁移铜人事,发生在青龙五年(237)。

【评介】

此诗写迁移金铜仙人一事，感情深沉凝重，意境悲壮苍凉，“深刻奇幻，可泣鬼神”（《增定评注唐诗正声》）。前四句写汉宫遗址虽极度苍凉，但武帝魂魄却时常于夜间乘辇归来。中四句写魏官牵车强迁，金铜仙人不禁潸然泪下。诗人有意用了“汉月”二字，与“魏官”形成对照。王琦《李长吉歌诗汇解》云：“因革之间，万象为之一变，而月体始终不变，仍似旧时，故称‘汉月’。”末四句写铜人携盘独出，惟有衰兰相送，悠悠苍天也将为之愁极而老。“天若有情天亦老”一句，司马光称“奇绝无对”（《温公续诗话》）。

mèng tiān
梦天

lǎo tù hán chán qì tiān sè　　yún lóu bàn kāi bì xié bái
老兔寒蟾泣天色，云楼半开壁斜白。
yù lún yà lù shī tuán guāng　　luán pèi xiāng féng guì xiāng mò
玉轮轧露湿团光，鸾佩相逢桂香陌。
huáng chén qīng shuǐ sān shān xià　　gèng biàn qiān nián rú zǒu mǎ
黄尘清水三山下，更变千年如走马[①]。
yáo wàng qí zhōu jiǔ diǎn yān　　yì hóng hǎi shuǐ bēi zhōng xiè
遥望齐州九点烟，一泓海水杯中泻。

① “黄尘”二句：意谓从月宫俯瞰下界，只见三山之下，有时变为黄尘，有时变为清水，其变化以千年为单位，而从天上看来，却像跑马。三山：神话传说中的海上三座神山，即蓬莱、方丈、瀛洲。

【评介】

前四句写梦游月宫，月色朦胧，迷离惝恍。后四句写俯视人间，沧海桑田，倏忽变幻。想象奇特，从中可以看出诗人在现实中找不到出路的苦闷和迷惘，也透露出诗人对那些斤斤计较眼前名利的人的蔑视。清黄周星评："命题奇创。诗中句句是天，亦句句是梦，正不知梦在天中耶？天在梦中耶？是何等胸襟眼界！"(《唐诗快》)

zhì jiǔ xíng

致酒行

líng luò qī chí yì bēi jiǔ　　zhǔ rén fèngshāng kè chángshòu
零落栖迟一杯酒，主人奉觞客长寿。
zhǔ fù xī yóu kùn bù guī　　jiā rén zhé duànménqián liǔ
主父西游困不归[①]，家人折断门前柳。
wú wén mǎ zhōu xī zuò xīn fēng kè　　tiānhuāng dì lǎo wú rén shí
吾闻马周昔作新丰客，天荒地老无人识。
kōngjiāng jiān shàngliǎngháng shū　　zhí fàn lóng yán qǐng ēn zé
空将笺上两行书，直犯龙颜请恩泽[②]。
wǒ yǒu mí hún zhāo bù dé　　xióng jī yì shēng tiān xià bái
我有迷魂招不得，雄鸡一声天下白。

---

① "主父"句：汉武帝时人主父偃，西游长安，客大将军卫青门下。卫青数次向武帝推荐，均不见用。久而愈困，为诸侯宾客所厌。事见《史记·主父偃列传》。

② "吾闻"句：唐太宗时人马周，西游长安，宿于新丰(今陕西省临潼县东)，遭旅舍主人冷遇。至长安，舍于中郎将常何家。贞观五年(631)，太宗令百官上书言得失，马周代常何陈二十余事，为太宗所赞赏，召直门下省，拜监察御史，后官至中书令。事见《新唐书·马周传》。

shàonián xīn shì dāng ná yún　　shuí niàn yōu hán zuò wū è
少年心事当拿云，谁念幽寒坐呜呃？

【评介】

此诗写政治上的失意苦闷。明黄淳耀评："绝无雕刻，真率之至者也。贺之不可及乃在此等。"(《李长吉集》引)

nán yuán　nán ér hé bù dài wú gōu

南园(男儿何不带吴钩)

nán ér hé bù dài wú gōu　　shōu qǔ guānshān wǔ shí zhōu
男儿何不带吴钩，收取关山五十州？
qǐng jūn zàn shàng líng yān gé　　ruò gè shū shēng wàn hù hóu
请君暂上凌烟阁，若个书生万户侯？

【评介】

《南园》十三首，此为其五。是李贺辞官回乡居昌谷家中所作。诗由两个设问句组成，顿挫激越，直抒胸臆，于豪情中见愤然之意，把家国之痛和身世之悲都淋漓酣畅地表达出来了。

nán yuán　xún zhāng zhāi jù lǎo diāo chóng

南园(寻章摘句老雕虫)

xún zhāng zhāi jù lǎo diāo chóng　　xiǎo yuè dāng lián guà yù gōng
寻章摘句老雕虫，晓月当帘挂玉弓。

bú jiàn nián nián liáo hǎi shàng wén zhāng hé chù kū qiū fēng
不见年年辽海上，文章何处哭秋风？

【评介】

此为其六，慨叹读书无用、怀才见弃。首句叙事兼言情，满腹牢骚通过一个“老”字倾吐出来，炼字的功夫极深。次句写景，亦即叙事、言情，它与首句相照应，活画出诗人勤奋的书斋生活和苦闷的内心世界。“玉弓”一词，暗点兵象，为“辽海”二句伏线，牵丝带笔，曲曲相关，文心之细。第三句只点明时间和地点，不言事（战事）而事自明，颇具含蓄之致。

mǎ shī dà mò shā rú xuě
马诗（大漠沙如雪）

dà mò shā rú xuě yān shān yuè sì gōu
大漠沙如雪，燕山月似钩。
hé dāng jīn luò nǎo kuài zǒu tà qīng qiū
何当金络脑，快走踏清秋。

【评介】

此为其五，诗用比兴。

◉杜　牧（803—852）

晚唐有代表性的诗人之一。字牧之，京兆万年(今陕西西安)人。因曾居长安城南樊川别墅，世称“杜樊川”。有《樊川集》二十二卷。其诗、赋、古文皆足名家，以诗成就最高。杜牧喜欢经世致用之学，尤喜谈兵。但生性耿介，不屑逢迎权贵，仕途不很得意。其不少诗作反映时事、抒发感慨，成为晚唐社会的一面镜子。杜牧的诗，尤其是近体诗，文词清丽、情韵跌宕，气势豪健，风神俊爽。杜牧与李商隐齐名，并称“小李杜”。刘熙载云：“杜樊川诗雄姿英发，李樊南诗深情绵邈。”(《艺概》卷二)

guò huá qīnggōng jué jù

过华清宫绝句

cháng ān huí wàng xiù chéng duī　shāndǐngqiānmén cì dì kāi

长安回望绣成堆，山顶千门次第开。

yí jì hóngchén fēi zǐ xiào　wú rén zhī shì lì zhī lái

一骑红尘妃子笑，无人知是荔枝来。

【评介】

本题共三首，此为第一首，对唐玄宗、杨贵妃的奢靡生活进行了讽刺。

dú hán dù jí

读韩杜集

dù shī hán jí chóu lái dú　　sì qiàn má gū yǎng chù sāo
杜诗韩集愁来读，　似倩麻姑痒处搔[①]。
tiān wài fènghuáng shuí dé suǐ　　wú rén jiě hé xù xián jiāo
天外凤凰谁得髓？　无人解合续弦胶[②]。

【评介】

杜牧《冬至日寄小侄阿宜诗》："李杜泛浩浩，韩柳摩苍苍。近者四君子，与古争强梁。"可见杜牧对李、杜、韩、柳的评价是很高的。本诗前二句用形象的比喻写出自己阅读杜诗、韩文的感受。后二句感叹杜诗、韩文后继无人，隐然自负，意在言外。清人贺裳指出，杜牧为诗为文学杜学韩，"此正一生所得力处，故其诗文俱带豪健"(《载酒园诗话又编》)。

jiāng nán chūn

江南春

qiān lǐ yīng tí lǜ yìng hóng　　shuǐ cūn shān guō jiǔ qí fēng
千里莺啼绿映红，　水村山郭酒旗风。

① 杜诗韩集：指杜诗、韩文。一作"杜诗韩笔"。"麻姑"句：《太平广记》卷六十引《神仙传》："麻姑鸟爪。蔡经见之，心中念言，背大痒时，得此爪以爬背，当佳。"
② "续弦胶"：据《十洲记》，以凤喙、麟角合煎，能接断弦。

náncháo sì bǎi bā shí sì　　duō shǎo lóu tái yān yǔ zhōng
南朝四百八十寺[①]，多少楼台烟雨中。

【评介】

这首小诗既写出了江南迷人的春景，也写出了它的广阔、深邃与迷离，千百年来素负盛誉。

chì bì
赤壁

zhé jǐ chén shā tiě wèi xiāo　　zì jiāng mó xǐ rèn qiáncháo
折戟沉沙铁未销，自将磨洗认前朝。
dōngfēng bù yǔ zhōuláng biàn　　tóng què chūnshēn suǒ èr qiáo
东风不与周郎便，铜雀春深锁二乔。

【评介】

诗前半部分凭吊遗迹，怀古情深；后半部分作翻案文章而以“铜雀”、“二乔”点染，议论犀利且风华蕴藉。杜牧有经邦济世之才，通晓政治军事，且对当时中央与藩镇、汉族与吐蕃的斗争形势有着相当清楚的了解。他把周瑜在赤壁战役中的胜利完全归之于偶然的东风，用意恐怕还在于借史事以吐胸中抑郁不平之气，暗含“时无英雄，使竖子成名”的慨叹。

---

① “南朝”句：宋、齐、梁、陈四朝皇帝及世家大族都崇信佛教，梁武帝尤甚，故江南一带佛寺特多。

bó qín huái
泊秦淮

yān lǒng hán shuǐ yuè lǒng shā　　yè bó qín huái jìn jiǔ jiā
烟笼寒水月笼沙，　夜泊秦淮近酒家。
shāng nǚ bù zhī wáng guó hèn　　gé jiāng yóu chàng　hòu tíng huā
商女不知亡国恨，　隔江犹唱《后庭花》。

【评介】

首二句写秦淮夜景，后二句貌似指责商女，实则讥讽那些醉生梦死的统治者，表达了诗人对国事的隐忧。作者于婉曲轻利的风调中表现出辛辣的讽刺、深沉的悲痛、无限的感慨，沈德潜叹为“绝唱”(《唐诗别裁》)。

qiū xī
秋夕

yín zhú qiū guāng lěng huà píng　　qīng luó xiǎo shàn pū liú yíng
银烛秋光冷画屏，轻罗小扇扑流萤。
tiān jiē yè sè liáng rú shuǐ　　zuò kàn qiān niú zhī nǚ xīng
天阶夜色凉如水，坐看牵牛织女星。

【评介】

首句点出深宫冷寂。次句写宫女百无聊赖，以追捕流萤权作消遣，而她手中即将弃置不用的小扇，又使人想起汉成帝时班婕妤失宠后以团扇自比的诗句，入秋的小扇，似乎也象征着这位寂寞宫女的命运。末二句写夜色已深，而天上的牵牛织女星，还吸引着这位宫女。是叹息？是怨恨？是羡慕？是期待？万千心事，尽蕴含在举头凝视之中。蘅塘退士评：“层层布景，是一幅著色人物画。只‘坐看’二字逗出情思，便通身灵活。”

shānxíng
山行

yuǎn shàng hán shān shí jìng xié　bái yún shēng chù yǒu rén jiā
远上寒山石径斜，白云生处有人家。
tíng chē zuò ài fēng lín wǎn　shuāng yè hóng yú èr yuè huā
停车坐爱枫林晚，霜叶红于二月花。

【评介】

诗人笔底，充满英爽俊拔之气。俞陛云评：“当风劲霜严之际，独绚秋光，红黄绀紫，诸色咸备，笼山络野，春花无此大观，宜司勋特赏于艳李秋桃外也。”(《诗境浅说续编》)

qīngmíng
清明

qīngmíng shí jié yǔ fēn fēn　lù shàng xíng rén yù duàn hún
清明时节雨纷纷，路上行人欲断魂。
jiè wèn jiǔ jiā hé chù yǒu　mù tóng yáo zhǐ xìng huā cūn
借问酒家何处有，牧童遥指杏花村。

【评介】

写春雨江南迷人景色。"遥指杏花村"之句，余韵邈然，令人寻味不已。

jì yángzhōu hán chuò pàn guān

寄扬州韩绰判官①

qīngshān yǐn yǐn shuǐ tiáo tiáo　qiū jìn jiāng nán cǎo mù diāo

青山隐隐水迢迢，秋尽江南草木凋。

èr shí sì qiáomíng yuè yè　yù rén hé chù jiào chuī xiāo

二十四桥明月夜，玉人何处教吹箫？

【评介】

寄怀朋友，只言扬州风景如画，夜景如画，别后赏心乐事如何，则友人之风流倜傥可知，自己之眷恋向往可知。宋顾乐评："深情高调，晚唐中绝作，可以媲美盛唐名家。"(《唐人万首绝句选评》)

① 文宗大和七年至九年(833—835)，杜牧曾在淮南节度使牛僧孺幕中作推官，后转掌书记。韩绰既是他同事，又是他好友。杜牧集中尚有《哭韩绰》诗。

jiāng fù wú xìngdēng lè yóu yuán yì jué

将赴吴兴登乐游原一绝①

qīng shí yǒu wèi shì wú néng xián ài gū yún jìng ài sēng

清时有味是无能，闲爱孤云静爱僧。

yù bǎ yì huī jiāng hǎi qù lè yóu yuánshàngwàngzhāo líng

欲把一麾江海去，乐游原上望昭陵②。

【评介】

杜牧在京城任吏部员外郎，投闲置散，心情苦闷。诗的首句写生逢清平可为之时却惟有闲静之味，这正是说明自己的无能。次句便以爱孤云之闲显示自己之闲，以爱僧之静显示自己之静。第三句仍承上，自请远去江海，是要去追求更为闲静的境界。末句一转，登乐游原不望皇城、宫阙，也不望其他诸帝陵墓，独望太宗昭陵，则怀念贞观盛世，感叹生不逢时之意自在言外。《唐贤清雅集》评："登高寄慨，词意浑含，得风人遗意。"

---

① 题一作《赴吴兴登乐游原一绝》。唐宣宗大中四年(850)，杜牧将离长安赴湖州刺史任时所作。吴兴：唐吴兴郡，即湖州，故地在今浙江湖州市。乐游原：在长安城东南，地势高敞，可眺望长安全城，为唐时登临游览胜地。

② 江海：此处指吴兴。昭陵：唐太宗墓，在今陕西醴泉县九峻山。

jīn gǔ yuán
金谷园[①]

fán huá shì sàn zhú xiāngchén　liú shuǐ wú qíng cǎo zì chūn
繁华事散逐香尘，流水无情草自春。
rì mù dōngfēngyuàn tí niǎo　luò huā yóu sì zhuì lóu rén
日暮东风怨啼鸟，落花犹似坠楼人[②]。

【评介】

金谷园以奢丽著称，可杜牧去凭吊时已成废墟一片。首句直写金谷园的荒芜。次句以流水、芳草的无情反衬吊古者的有情。三句更以啼鸟的有情正衬。四句则亦花亦人，亦伤春亦吊古。宋顾乐评："落句意外神妙，悠然不尽。"(《唐人万首绝句选评》)

jiǔ rì qí shāndēng gāo
九日齐山登高[③]

jiānghán qiū yǐng yàn chū fēi　yǔ kè xié hú shàng cuì wēi
江涵秋影雁初飞，与客携壶上翠微。

---

① 金谷园：西晋卫尉石崇的别墅，因建于金谷而得名，其地在今河北洛阳市西北。

② 香尘：石崇曾将沉香碾成粉末，撒在象牙床上，让歌妓践踏，无迹者赐以珍珠。见王嘉《拾遗记》卷九。流水：指金谷水，自新安、洛阳东南流经金谷园人灌河。坠楼人：指石崇家的歌妓绿珠。绿珠美而艳，善吹笛。孙秀使人求之，石崇怒而不与。孙秀便陷害石崇，派人来捉他。石崇正在楼上宴饮，对绿珠说："我今为尔得罪。"绿珠泣曰："当效死于君前。"便自投于楼下而死。见《晋书·石崇传》。

③ 唐武宗会昌五年(845)作于池州(今安徽贵池)刺史任上。齐山：在今安徽贵池南。

chén shì nán féng kāi kǒu xiào　　jú huā xū chā mǎn tóu guī
尘世难逢开口笑，菊花须插满头归。
dàn jiāng mǐng dǐng chóu jiā jié　　bú yòng dēng lín hèn luò huī
但将酩酊酬佳节，不用登临恨落晖。
gǔ wǎng jīn lái zhǐ rú cǐ　　niú shān hé bì dú zhān yī
古往今来只如此，牛山何必独沾衣①。

【评介】

首联写登高。以下三联，皆从一正一反立意，表现出一种以旷达排解抑郁的努力。郝敬评："豪爽真率，不用雕饰，可想其人。"(《批选唐诗》)

◉李商隐（813—858）

字义山，号玉谿生，怀州河内（今河南沁阳）人。幼年丧父，受知于天平军节度使令狐楚。文宗开成二年(837)，经令狐楚之子令狐绹推荐登进士第。令狐楚死，入泾原节度使王茂元幕府，并娶王女为妻。令狐氏与王氏分属牛僧孺、李德裕二党，李商隐因此卷入党争，一生困顿失意，长期为人幕僚。其诗为晚唐一大宗，与杜牧并称"小李杜"，与温庭筠并称"温李"。有《李义山诗集》三卷。其七言律诗，浓丽流美而不失顿挫沉着，可按武杜甫。

① "牛山"句：《晏子春秋·内篇谏上》："（齐）景公游于牛山，北临其国城而流涕曰：'若何滂滂去此而死乎！'"

其《无题》诗，朦胧隐约，扑朔迷离，具有一种独特的魅力，但也有难于索解之处。故元好问在《论诗绝句三十首》中说：“诗家总爱西昆好，独恨无人作郑笺。”

jǐn sè

锦瑟

jǐn sè wú duān wǔ shí xián　　yì xián yí zhù sī huá nián

锦瑟无端五十弦，　一弦一柱思华年。

zhuāng shēng xiǎo mèng mí hú dié　　wàng dì chūn xīn tuō dù juān

庄生晓梦迷蝴蝶，望帝春心托杜鹃。

cāng hǎi yuè míng zhū yǒu lèi　　lán tián rì nuǎn yù shēng yān

沧海月明珠有泪，　蓝田日暖玉生烟。

cǐ qíng kě dài chéng zhuī yì　　zhǐ shì dāng shí yǐ wǎng rán

此情可待成追忆，　只是当时已惘然。

【评介】

此诗是李商隐的代表作，爱诗者无不津津乐道。论述本诗主旨的诸说中，较有代表性的有：悼亡说、自伤说、寄托说，其中比较圆通的当属自序说。何焯《义门读书记》云：“亡友程湘衡谓此义山自题其诗以开集首者，次联言作诗之旨趣，中联又自明其匠巧也。”

此诗取首句头两字为题，实际上是无题诗。所以有人主张，对于此诗主旨不必深求，如梁启超说：“义山的《锦瑟》《碧城》《圣女祠》等诗，讲的什么事，我理会不着。拆开一句一句叫我解释，我连文义也解不出来。但我觉得他美，读起来令我精神上得一种新鲜的愉快。须知美是多方面的，美是含有神秘性的；我们若还承认美的价值，对于此种文字，便不容轻轻抹煞。”(《中国韵文内所表现的情感》)义山无题诗，多如此。

chán
蝉

běn yǐ gāo nán bǎo　tú láo hèn fèi shēng
本以高难饱，徒劳恨费声。
wǔ gēng shū yù duàn　yí shù bì wú qíng
五更疏欲断，一树碧无情。
báo huàn gěng yóu fàn　gù yuán wú yǐ píng
薄宦梗犹泛，故园芜已平。
fán jūn zuì xiāng jǐng　wǒ yì jǔ jiā qīng
烦君最相警，我亦举家清。

【评介】

此诗“传神空际，超超玄著”。前四句笔笔写蝉，处处有作者的影子。五、六两句转到自己身上，但与蝉之高洁难饱又有内在联系。末联“君”、“我”对举，“蝉”、“人”夹写，浑然无迹。朱彝尊誉为“咏特最上乘”。

yè yǔ jì běi
夜雨寄北

jūn wèn guī qī wèi yǒu qī　bā shān yè yǔ zhǎng qiū chí
君问归期未有期，巴山夜雨涨秋池。
hé dāng gòng jiǎn xī chuāng zhú　què huà bā shān yè yǔ shí
何当共剪西窗烛，却话巴山夜雨时。

【评介】

此诗于俊爽明快中蕴含深情，是作者游巴蜀时寄给远在长安的妻子王氏的。诗中“期”字两见，一为妻问，一为己答。妻问促其早归，己答叹归期无准。而“巴山夜雨”的重出，一为客中实景紧承己答，一为虚景遥应妻问。“期”字两见，特别是“巴山夜雨”的重出，构成了音调与章法的回环往复之妙，形成了优美深长的意境之美。

wú tí zuó yè xīngchén zuó yè fēng

无题（昨夜星辰昨夜风）

zuó yè xīngchén zuó yè fēng　　huà lóu xī pàn guì tángdōng

昨夜星辰昨夜风，　画楼西畔桂堂东。

shēn wú cǎi fèngshuāng fēi yì　　xīn yǒu líng xī yì diǎntōng

身无彩凤双飞翼，　心有灵犀一点通。

gé zuò sòng gōu chūn jiǔ nuǎn　　fēn cáo shè fù là dēnghóng

隔座送钩春酒暖，　分曹射覆蜡灯红[①]。

jiē yú tīng gǔ yìngguān qù　　zǒu mǎ lán tái lèi zhuǎnpéng

嗟余听鼓应官去，　走马兰台类转蓬。

【评介】

此为事后追忆之作。心灵相通是一种很微妙的境界，并不限于爱情领域。

---

① 隔座送钩：古代腊月饮祭之后的一种游戏。参加者为两队，一队将钩隔座传递至某一人手中藏起，使另一队猜，猜中为胜。分曹：分队。射覆：古代的一种游戏，将小物件放在巾、盂等覆盖物下，让对方猜。

wú tí lái shì kōng yán qù jué zōng
无题（来是空言去绝踪）

lái shì kōng yán qù jué zōng　yuè xié lóu shàng wǔ gēng zhōng
来是空言去绝踪，月斜楼上五更钟。
mèng wéi yuǎn bié tí nán huàn　shū bèi cuī chéng mò wèi nóng
梦为远别啼难唤，书被催成墨未浓。
là zhào bàn lóng jīn fěi cuì　shè xūn wēi dù xiù fú róng
蜡照半笼金翡翠，麝熏微度绣芙蓉。
liú láng yǐ hèn péng shān yuǎn　gèng gé péng shān yí wàn chóng
刘郎已恨蓬山远，更隔蓬山一万重[①]。

【评介】

此诗写女主人公因爱人音讯杳然而产生的怅惘心理，“语极摇曳，思却沉挚”（《唐诗笺注》）。

wú tí sà sà dōng fēng xì yǔ lái
无题（飒飒东风细雨来）

sà sà dōng fēng xì yǔ lái　fú róng táng wài yǒu qīng léi
飒飒东风细雨来，芙蓉塘外有轻雷。

---

① 刘郎：相传东汉时刘晨与阮肇同入天台山采药，得遇仙女，结为眷属，留居半年后还家。后重访仙女，踪迹全无。事见刘义庆《幽明录》。蓬山：即蓬莱山，海上三仙山之一，此处代指情人所居之处。

jīn chán niè suǒ shāoxiāng rù　　yù hǔ qiān sī jí jǐng huí
金蟾啮锁烧香入，玉虎牵丝汲井回①。
jiǎ shì kūi lián hán yuànshào　　fú fēi liú zhěn wèi wáng cái
贾氏窥帘韩掾少，宓妃留枕魏王才②。
chūn xīn mò gòng huā zhēng fā　　yí cùn xiāng sī yí cùn huī
春心莫共花争发，一寸相思一寸灰！

【评介】

此诗写女主人公见不到爱人的绝望和相思，以“相思”为中心意象，派生出三个分意象：“春心”为相思的萌芽，“花”为春心的象征，“灰”则是相思的结局。最后二句将四个意象综合在一起，意象之间相互激射，相互渗透，给人一种丰富而又变幻的美感。

wú tí　xiāngjiàn shí nán bié yì nán
无题（相见时难别亦难）

xiāngjiàn shí nán bié yì nán　　dōngfēng wú lì bǎi huā cán
相见时难别亦难，东风无力百花残。
chūn cán dào sǐ sī fāng jìn　　là jù chéng huī lèi shǐ gān
春蚕到死丝方尽，蜡炬成灰泪始干。

① 金蟾：香炉盖上蛤蟆形的装饰。锁：指香炉的鼻纽，可以开闭，以便添加香料。玉虎：玉石装饰的虎状汲水辘轳。丝：丝质的井绳。

② “贾氏”句：晋贾充之女从门帘后窥见她父亲的僚属韩寿年轻英俊，很喜爱他，于是和他私通。贾充察觉后便将女儿嫁给了韩寿。掾：属官的通称。“宓妃”句：传说伏羲氏的女儿宓妃在洛水淹死，成为洛神，这里代指曹丕之妻甄氏。相传甄氏曾钟情于曹丕之弟曹植。甄氏死后，曹丕将她的遗物玉缕金带枕送给曹植，曹植离京返回封地，途中在洛水边宿夜，梦见甄氏对他表示情意，并说明以玉枕相赠，曹植因此而作《洛神赋》。

xiǎo jìng dàn chóu yún bìn gǎi　yè yín yīng jué yuè guāng hán
晓镜但愁云鬓改，夜吟应觉月光寒。
péngshān cǐ qù wú duō lù　qīngniǎo yīn qín wéi tàn kān
蓬山此去无多路，青鸟殷勤为探看。

【评介】

此诗写缠绵执著。蘅塘退士评："一息尚存，志不可懈，可以言情，可以喻道。"（《唐诗三百首》）

chóu bǐ yì
筹笔驿[①]

yú niǎo yóu yí wèi jiǎn shū　fēng yún cháng wéi hù chǔ xū
鱼鸟犹疑畏简书，风云长为护储胥。
tú lìng shàngjiàng huī shén bǐ　zhōng jiàn xiángwáng zǒu chuán chē
徒令上将挥神笔，终见降王走传车。
guǎn yuè yǒu cái zhēn bù tiǎn　guānzhāng wú mìng yù hé rú
管乐有才真不忝，关张无命欲何如？
tā nián jǐn lǐ jīng cí miào　liáng fù yín chéng hèn yǒu yú
他年锦里经祠庙，梁父吟成恨有余。

【评介】

写诸葛亮之威、之智、之才、之功，不是一般的赞颂，而是集中写个"恨"字。而所写之"恨"，既是写诸葛亮之"遗恨"，又是

① 筹笔驿：在今四川广元县北，相传三国时蜀汉诸葛亮出兵伐魏，曾驻此筹划军事。大中九年（855）李商隐罢梓州幕随柳仲郢回长安，途经此驿，写下这首咏怀古迹的诗。

作者“隐然自喻”，以一抑一扬的议论来表现“恨”，显得特别婉转有致。何焯评：“议论固高，尤在抑扬顿挫处，使人一唱三叹，转有余味。”（冯浩《玉谿生诗集笺注》引）

ān dìngchéng lóu

安定城楼①

tiáo dì gāo chéng bǎi chǐ lóu lǜ yáng zhī wài jìn tīng zhōu
迢递高城百尺楼，绿杨枝外尽汀洲。
jiǎ shēng nián shào xū chuí tì wáng càn chūn lái gèng yuǎn yóu
贾生年少虚垂涕，王粲春来更远游。
yǒng yì jiāng hú guī bái fà yù huí tiān dì rù piān zhōu
永忆江湖归白发，欲回天地入扁舟。
bù zhī fǔ shǔ chéng zī wèi cāi yì yuān chú jìng wèi xiū
不知腐鼠成滋味，猜意鹓雏竟未休。

【评介】

此诗感情沉郁，笔力顿挫，深得杜甫七律神髓。李商隐有经国之志，却遭朋党猜忌而落第。首二句写登楼。三、四句用贾谊、王粲典，二人皆年少才高，失意远游，与自己境遇相似。五、六句抒怀，相传王安石晚年极喜此二句，认为“虽老杜无以过也”（《蔡宽夫诗话》），纪昀也认为此二句“千锤百炼，出以自然，杜亦不过如此”（《瀛奎律髓刊误》）。末二句用《庄子》典故，对嗜腐成癖、妄加猜忌他人者表示极大的蔑视。

---

① 安定：郡名，即泾州（今甘肃泾川北），为唐泾原节度使治所。唐文宗开成三年（838），李商隐赴泾原节度使王茂元幕任书记，做了王的女婿。次年春，应博学鸿词科试，因朋党之见而遭落第。此诗作于返回泾州之后。

隋宫

suí gōng

zǐ quán gōng diàn suǒ yān xiá　yù qǔ wú chéng zuò dì jiā

紫泉宫殿锁烟霞，欲取芜城作帝家[①]。

yù xǐ bù yuán guī rì jiǎo　jǐn fān yīng shì dào tiān yá

玉玺不缘归日角，锦帆应是到天涯[②]。

yú jīn fǔ cǎo wú yíng huǒ　zhōng gǔ chuí yáng yǒu mù yā

于今腐草无萤火，终古垂杨有暮鸦。

dì xià ruò féng chén hòu zhǔ　qǐ yí chóng wèn hòu tíng huā

地下若逢陈后主，岂宜重问《后庭花》？

【评介】

咏隋炀帝荒淫亡国事。首联点题。诗人把长安的宫殿和“烟霞”联系起来，意在表明它巍峨壮丽。颔联荡开一笔，虚拟推想，但不全是悬想之辞，而是把握了史实和人物性格基础之上的合理推断，深刻揭示出杨广的穷奢极欲导致亡国的后果。颈联是公认的佳句，涉及杨广逸游的两个故实：一个是放萤，一个是栽柳。李商隐把“萤火”和“腐草”、“垂杨”和“暮鸦”联系起来，于一“有”一“无”的鲜明对比中，感慨今昔，深寓荒淫亡国的历史教训。《昭昧詹言》说它“兴在象外，活极妙极，可谓绝作”。尾联活

① 紫泉：即紫渊。此处用以指长安隋宫。锁烟霞：废置不用。芜城：刘宋诗人鲍照过广陵，见故城荒芜，作《芜城赋》，后遂以“芜城”作为广陵的代称。

② 日角：指李渊。《旧唐书·唐俭传》记唐俭劝李渊起兵反隋，有“公日角龙庭，姓协图谶，系天下望矣”之语。锦帆：隋炀帝所乘的龙舟，其帆皆用锦制。《开河记》：“炀帝御龙舟，幸江都。锦帆过处，香闻十里。”

用杨广与陈叔宝梦中相遇的故事，以假设、反诘的语气，把批判荒淫亡国的主题深刻地揭示出来。

mǎ wéi
马嵬

hǎi wài tú wén gèng jiǔ zhōu　tā shēng wèi bǔ cǐ shēng xiū
海外徒闻更九州，他生未卜此生休。
kōng wén hǔ lǚ chuán xiāo tuò　wú fù jī rén bào xiǎo chóu
空闻虎旅传宵柝，无复鸡人报晓筹。
cǐ rì liù jūn tóng zhù mǎ　dāng shí qī xī xiào qiān niú
此日六军同驻马，当时七夕笑牵牛。
rú hé sì jì wéi tiān zǐ　bù jí lú jiā yǒu mò chóu
如何四纪为天子，不及卢家有莫愁。

【评介】

起句破空而来，深稳健丽。二、三两联皆用逆挽法，以马嵬兵变与“当时”情景对照，逐层逆叙，势极错综。末二句以“天子”与“卢家”构成鲜明对比，用诘问收结全诗，发人深省。

shuāng yuè
霜月

chū wén zhēng yàn yǐ wú chán　bǎi chǐ lóu gāo shuǐ jiē tiān
初闻征雁已无蝉，百尺楼高水接天。
qīng nǚ sù é jù nài lěng　yuè zhōng shuāng lǐ dòu chán juān
青女素娥俱耐冷，月中霜里斗婵娟。

【评介】

写霜月，不从霜月本身着笔，而是写月中霜里的素娥和青女；写秋夜，不是简单摹写自然景象，而是勾摄了清秋的魂魄与精神，这精神便是诗人从霜月交辉的夜景里发掘出来的自然之美，同时也流露出诗人高标绝俗、耿介不随的性格特点。诗人的笔触完全在空际点染盘旋，诗的形象则是幻想和现实交织在一起而构成的完美整体。叶燮论李商隐七言绝句，认为他“寄托深而措辞婉”(《原诗》外编下)，于此诗可见其一斑。

嫦娥（cháng é）

yún mǔ píngfēng zhú yǐngshēn　cháng hé jiàn luò xiǎo xīngchén
云母屏风烛影深，长河渐落晓星沉。
cháng é yīng huǐ tōu líng yào　bì hǎi qīng tiān yè yè xīn
嫦娥应悔偷灵药，碧海青天夜夜心。

【评介】

此诗虽题为“嫦娥”，实际上抒写的是处于孤独中的主人公对环境的感受和内心独白。何焯评：“自比有才调，翻致流落不遇也。”(《李义山诗集辑评》)

jiǎ shēng

贾生

xuān shì qiú xián fǎng zhú chén　jiǎ shēng cái diào gèng wú lún

宣室求贤访逐臣，贾生才调更无伦。

kě lián yè bàn xū qián xí　bú wèn cāng shēng wèn guǐ shén

可怜夜半虚前席，不问苍生问鬼神。

【评介】

此诗咏贾谊事，自伤怀才不遇。第一句说汉文帝求贤心切，不愧明君；第二句说贾谊才调绝伦，不愧贤臣；第三句“夜半前席”仍承上而来，写文帝听贾谊谈话时的入神情态；以上都是扬。第三句中插入“可怜”、“虚”，已暗含转折之意，第四句始引满而发，一语中的：“不问苍生问鬼神”。这是抑，揭示出文帝求贤只是徒有其名而已。纪昀评：“纯用议论，然以唱叹出故佳。”（《李义山诗集辑评》）

lè yóu yuán

乐游原

xiàng wǎn yì bú shì　qū chē dēng gǔ yuán

向晚意不适，驱车登古原。

xī yáng wú xiàn hǎo　zhǐ shì jìn huáng hūn

夕阳无限好，只是近黄昏。

【评介】

纪昀《玉谿生诗说》：“百感茫茫，一时交集，谓之悲身也可，谓之拟时事亦可。”

◉温庭筠 (812—?)

本名岐，字飞卿，太原祁(今山西祁县)人，年轻时苦心学文，才思敏捷，考试律赋时，叉手一吟便成一韵，八叉八吟即告完篇，人称“温八叉”、“温八吟”。他精通音律，善鼓琴吹笛为侧艳之词。喜讥刺权贵，又纵酒放浪，不自羁束。故屡试进士不第，四十八岁时才授隋县尉。其诗与李商隐齐名，时称“温李”。五、七言古诗，师法李贺，辞藻瑰丽而含悲凉之意。近体诗涉及羁旅行役、友朋寄赠、身世感慨、咏史吊古等多方面内容，时作怀才不遇、壮志难酬的浩叹。他是第一个大量写词的文人，“花间派”的代表人物，对后代婉约派词人有很大影响。有《温飞卿集》九卷。

guò chén lín mù

过陈琳墓[①]

céng yú qīng shǐ jiàn yí wén　　jīn rì piāopéng guò cǐ fén
曾于青史见遗文，　今日飘蓬过此坟。
cí kè yǒu líng yīng shí wǒ　　bà cái wú zhǔ shǐ lián jūn
词客有灵应识我，　霸才无主始怜君。
shí lín mái mò cángchūn cǎo　　tóng què huāngliáng duì mù yún
石麟埋没藏春草，　铜雀荒凉对暮云[②]。
mò guài lín fēng bèi chóuchàng　　yù jiāng shū jiàn xué cóng jūn
莫怪临风倍惆怅，　欲将书剑学从军。

【评介】

本诗最大的特点，是将凭吊与抒怀糅合起来写。首句言昔日读君之文，次句言今日过君之墓，其间忽然插入"飘蓬"二字，顿将读文、过墓二事，一齐牵到自己身上。三句"词客"指陈琳，实亦自指。四句"霸才"自指，亦兼指陈琳。正如纪昀所评："此一联有异代同心之感，实则彼此互文。'应'字极兀傲，'始'字极沉痛。通首以此二语为骨，纯是自感，非吊陈琳也。"

---

① 陈琳：字孔璋，广陵（今江苏江都东北）人，"建安七子"之一。初为何进主簿，又为袁绍记室，袁绍败，归附曹操，军国文书，多出其手。其墓在今江苏省邳县。

② 石麟：墓道前的石麒麟。春草：一作"秋草"。铜雀：铜雀台，曹操生前歌舞饮宴之所，故址在今河北临漳西南。

sū wǔ miào
苏武庙

sū wǔ hún xiāo hàn shǐ qián　gǔ cí gāo shù liǎng máng rán
苏武魂销汉使前，古祠高树两茫然。
yún biān yàn duàn hú tiān yuè　lǒng shàng yáng guī sài cǎo yān
云边雁断胡天月，陇上羊归塞草烟。
huí rì lóu tái fēi jiǎ zhàng　qù shí guān jiàn shì dīng nián
回日楼台非甲帐，去时冠剑是丁年①。
mào líng bú jiàn fēng hóu yìn　kōng xiàng qiū bō kū shì chuān
茂陵不见封侯印，空向秋波哭逝川。

【评介】

题为“苏武庙”，实际诗中只有第二句写庙，其他都写苏武事迹；写事迹，又不是从头写起，而是选择苏武和汉使的会见作为起点。“回日”二句，语用逆挽，不仅“化板滞为跳脱”(《唐诗别裁》)，而且无限感慨自在言中。最后二句写苏武怀念故主，意味深长。

① “回日”句：意谓苏武归来，武帝已经去世。甲帐：汉武帝曾以琉璃、珠玉等珍宝编织为帐，甲帐用以居神，乙帐用以自居。“去时”句：意谓苏武初出使时尚是壮年。丁年：丁男之年。汉代男子从二十岁到五十六岁服徭役，称丁男。

shāngshān zǎo xíng
商山早行

chén qǐ dòngzhēng duó kè xíng bēi gù xiāng
晨起动征铎，客行悲故乡。
jī shēng máo diàn yuè rén jì bǎn qiáoshuāng
鸡声茅店月，人迹板桥霜。
hú yè luò shān lù zhǐ huā míng yì qiáng
槲叶落山路，枳花明驿墙。
yīn sī dù líng mèng fú yàn mǎn huí táng
因思杜陵梦，凫雁满回塘。

【评介】

写羁旅愁思。三、四两句是脍炙人口的名句。这两句十个字都是名词，组成“鸡声”、“茅店”、“月”、“人迹”、“板桥”、“霜”六个意象，形成并置式的意象结构，具有很强的表现力。宋人梅尧臣评：“道路辛苦，羁旅愁思，岂不见于言外乎？”(《六一诗话》引)明人李东阳所评：“二句中不用一二闲字，止提掇出紧关物色字样，而言韵铿锵，意象具足，始为难得。”(《麓堂诗话》)

yáo sè yuàn
瑶瑟怨

bīngdiàn yín chuángmèng bù chéng bì tiān rú shuǐ yè yún qīng
冰簟银床梦不成，碧天如水夜云轻。

yàn shēngyuǎn guò xiāoxiāng qù　　shí èr lóu zhōng yuè zì míng
雁声远过潇湘去，　十二楼中月自明[1]。

【评介】

闺怨诗。通篇只“梦不成”三字微露怨意，余皆写景，一片空明清寥之中其岑寂自见。宋顾乐评：“此作清音渺思，直可追中盛名家。”“深情高调，晚唐中绝作，可以媲美盛唐名家。”(《唐人万首绝句选评》)

◉陈　陶（约812—约885）

字嵩伯，宣宗大中时曾游学长安，举进士不第，乃漫游名山，自称“三教布衣”。后隐居洪州西山以终。孙光宪《北梦琐言》称其诗“似负神仙之术，或露王霸之说”。部分绝句写征夫思妇的哀怨，凄恻动人。有《陈嵩伯诗集》一卷。

lǒng xī xíng
陇西行

shì sǎo xiōng nú bú gù shēn　wǔ qiāndiāo jǐn sàng hú chén
誓扫匈奴不顾身，五千貂锦丧胡尘。

---

① 瑶瑟：玉饰的瑟。冰簟：凉席。银床：月光所照之床。十二楼：神仙所居之楼。《史记·封禅书》载方士言“黄帝时为五城十二楼，以候神人于执期，命曰迎年”。此处指高楼。

kě lián wú dìng hé biān gǔ　　yóu shì chūn guī mèng lǐ rén
可怜无定河边骨，犹是春闺梦里人。

【评介】

蘅塘退士评："较之'一将功成万骨枯'句，更为沉痛。"（《唐诗三百首》）

◉许　浑（生卒年不详）

字用晦，大和六年（832）进士。世称许郢州。晚唐抱病退居润州（今江苏镇江）丁卯桥附近辑录所作，诗集为《丁卯集》。其诗以登临怀古之作见长，五、七言律诗居多。属对真切，声律娴熟。其警句如"溪云初起日沉阁，山雨欲来风满楼"脍炙人口。

xiányángchéng xī lóu wǎn tiào
咸阳城西楼晚眺

yí shàng gāo chéng wàn lǐ chóu　　jiān jiā yáng liǔ sì tīng zhōu
一上高城万里愁，蒹葭杨柳似汀洲。
xī yún chū qǐ rì chén gé　　shān yǔ yù lái fēng mǎn lóu
溪云初起日沉阁，山雨欲来风满楼。
niǎo xià lǜ wú qín yuàn xī　　chán míng huáng yè hàn gōng qiū
鸟下绿芜秦苑夕，蝉鸣黄叶汉宫秋。
xíng rén mò wèn dāng nián shì　　gù guó dōng lái wèi shuǐ liú
行人莫问当年事，故国东来渭水流。

【评介】

此诗写登楼所见景色，抒发今昔兴废感慨。“溪云”二句为写景名句，“山雨”句尤其脍炙人口。俞陛云评：“上句因云起而日沉，为诗心所易到。下句善状骤雨欲来，风先雨至之景，可谓绝妙好词。”(《诗境浅说》)

◉韦　庄（约836—910）

字端己，长安杜陵(今陕西西安东南)人，韦应物四世孙，乾宁元年(894)进士。有《浣花集》十卷。以近体诗见长，词句清丽，情致婉曲。与温庭筠同为“花间派”代表词人。词风疏淡，于温庭筠的密丽之外另树一帜。

tái chéng

台城①

jiāng yǔ fēi fēi jiāng cǎo qí　liù cháo rú mèng niǎo kōng tí

江雨霏霏江草齐，六朝如梦鸟空啼。

wú qíng zuì shì tái chéng liǔ　yī jiù yān lǒng shí lǐ dī

无情最是台城柳，依旧烟笼十里堤。

---

① 台城：六朝时建邺城旧址，在今南京市玄武湖侧。

【评介】

此诗抒写登台城遗址的吊古伤今之情。马时芳评："赋凄凉之景，想昔日盛时，无限感慨，都在言外，使人思而得之。"(《挑灯诗话》)

gǔ lí bié

古离别

qíng yān mò mò liǔ sān sān bù nà lí qíng jiǔ bàn hān

晴烟漠漠柳毵毵，不那离情酒半酣。

gèng bǎ yù biān yún wài zhǐ duàn cháng chūn sè zài jiāng nán

更把玉鞭云外指，断肠春色在江南[①]。

【评介】

玉鞭一指之中，春色如画，离情更深。宋顾乐《唐人万首绝句选评》："觉字字有情有味，得盛唐余韵。"

① 古离别：乐府《杂曲歌辞》，题一作《多情》。毵毵：细长浓密的样子。玉鞭：华美的马鞭。

◉聂夷中（837—约884）

字坦之，懿宗咸通十二年(871)进士。好为五言，尤工乐府，诗多怜民之痛，质朴而深切。《全唐诗》录其诗一卷。

shāng tián jiā
伤田家

èr yuè mài xīn sī　wǔ yuè tiào xīn gǔ
二月卖新丝，五月粜新谷。
yī dé yǎn qián chuāng　wān què xīn tóu ròu
医得眼前疮，剜却心头肉。
wǒ yuàn jūn wáng xīn　huà zuò guāng míng zhú
我愿君王心，化作光明烛。
bú zhào qǐ luó yán　zhǐ zhào táo wáng wū
不照绮罗筵，只照逃亡屋。

【评介】

“有《三百篇》之旨”，“亦为诗史”(《诗史》)。

◉杜荀鹤（846—907）

字彦之，号九华山人，池州石埭（今安徽石台）人。有《唐风集》三卷。他大部分时间生活在农村，一部分诗作反映民生疾苦，与元白新乐府精神相通，形式上却用近体，呈独特风貌。

shānzhōng guǎ fù

山中寡妇

fū yīn bīng sǐ shǒu péng máo　má zhù yī shān bìn fà jiāo
夫因兵死守蓬茅，麻苎衣衫鬓发焦。
sāng zhè fèi lái yóu nà shuì　tián yuán huāng hòu shàng zhēng miáo
桑柘废来犹纳税，田园荒后尚征苗。
shí tiāo yě cài hé gēn zhǔ　xuán zhuó shēng chái dài yè shāo
时挑野菜和根煮，旋斫生柴带叶烧。
rèn shì shēn shān gèng shēn chù　yě yīng wú jì bì zhēng yáo
任是深山更深处，也应无计避征徭。

【评介】

宋人蔡正孙评："此诗备言民生之憔悴，国政之烦苛，可谓曲尽其情矣。"（《诗林广记》）

◉秦韬玉（生卒年不详）

字仲明，京兆（今陕西西安市）人。《全唐诗》存诗三十六首，以《贫女》最有名。

pín nǚ

贫女

péngmén wèi shí qǐ luó xiāng nǐ tuō liáng méi yì zì shāng
蓬门未识绮罗香，拟托良媒益自伤。
shuí ài fēng liú gāo gé diào gòng lián shí shì jiǎn shū zhuāng
谁爱风流高格调，共怜时世俭梳妆。
gǎn jiāng shí zhǐ kuā zhēn qiǎo bù bǎ shuāng méi dòu huà cháng
敢将十指夸针巧，不把双眉斗画长。
kǔ hèn nián nián yā jīn xiàn wéi tā rén zuò jià yī shang
苦恨年年压金线，为他人作嫁衣裳。

【评介】

此诗借咏贫女，抒发了自己抑郁不平的心情。

◉无名氏（生卒年不详）

《金缕衣》的作者，《唐诗三百首》题作杜秋娘。杜秋娘，《全唐诗》题作无名氏，今从《全唐诗》。杜牧《杜秋娘诗序》说，是唐金陵人，原为节度使李琦之妾，善唱《金缕衣》，曾入宫，有宠于宪宗，后回乡，穷老无依。

jīn lǚ yī

金缕衣①

quàn jūn mò xī jīn lǚ yī quàn jūn xī qǔ shàonián shí

劝君莫惜金缕衣，劝君惜取少年时。

huā kāi kān zhé zhí xū zhé mò dài wú huā kōng zhé zhī

花开堪折直须折，莫待无花空折枝。

【评介】

《唐诗三百首》以此诗压卷，劝人珍惜大好光阴。本书援例。

① 金缕衣：曲调名。

唐诗发展概略

一

谈到唐诗的繁荣，要追溯到唐以前。杜甫谈诗歌创作，有诗云："未及前贤更勿疑，递相祖述复先谁？别裁伪体亲风雅，转益多师是汝师。"又说："不薄今人爱古人，清词丽句必为邻。窃攀屈宋宜方驾，恐与齐梁作后尘。"其实，"别裁伪体""转益多师"，不仅是杜甫的"夫子自道"，也是有唐一代诗人的集体写照。有研究者指出，李白之诗，大源出于《楚辞》，杜甫之诗，大源出于《诗经》和《汉乐府》。其实，受益于《诗经》《楚辞》，岂止李杜？读唐诗，对唐以前的诗歌置之不问，就无法领略更为深厚的文化内涵。

《诗经》《楚辞》，世称"风骚"，它们代表了古诗歌创作的第一个高峰，也是我国古代现实主义浪漫主义文学的源头。《诗经》名之以"经"，它不仅以儒家所赋予的特定思想内涵泽被后世，也以其现实主义精神、赋比兴手法、质朴刚健的诗风，影响着一代又一代的诗人。《诗经》之后有《楚辞》，《楚辞》以屈原的作品为代表。屈原的《离骚》在文学史上的地位也是极高的，它不仅以光照日月的人格泽惠千古，同时也把诗思引向了一个无比神奇瑰丽的世界。以后的诗人，莫不从中吸取营养。鲁迅曾评价："逸响伟辞，卓绝一世……较之于诗，则其言甚长，其思甚幻，其文甚丽，其旨甚明，凭心而言，不遵矩度……其影响于后来之文章，乃甚或在三百篇之上。"

"风"、"骚"以后，有"乐府"。汉《乐府》"感于哀乐，缘事而发"，长于叙事，配乐而歌，"可以观风俗，知厚薄"。它继《诗经》

之后，构成了我国现实主义文学的第二个高峰，有力地推动了五、七言诗的发展。《乐府》对唐诗的影响，也极为深远，其“感于哀乐，缘事而发”的优良传统，质朴、刚劲的诗风，是唐人普遍认可、追求向往的美学风范，其题制也成了唐人创作的一个源头。

再降而为魏晋南北朝，这时期的诗歌，也为唐诗发展直接提供了丰富的营养。“建安风骨”，实为“盛唐”之先声；阮籍、鲍照等作家，直启陈子昂、李白的古风创作；陶潜、二谢，为唐田园山水诗之祖谟；沈约及“永明体”，则直接推动了近体诗的形成；而齐梁宫体，沉湎艳情，采丽竞繁，格调低下，对唐代诗歌创作则带来了消极影响。

二

从唐建制到开元前，史称初唐。这一时期，是唐诗矫正诗风，扫清障碍的时期，活跃于这一时期的诗人，是一批勇于革新的斗士，筚路蓝缕的先行。

唐初前三四十年，诗坛弥漫着梁陈余风。内容不出宫闱应制，风格纤柔轻靡，形式上则“采丽竞繁”，连一代英主李世民也要做做宫体诗。直到公元655年武则天称后，王、杨、卢、骆、陈、杜、沈、宋等一批诗人登上诗坛，唐诗才开始呈现自己的面貌。

王、杨、卢、骆，史称“初唐四杰”。他们不满淫靡绮艳的齐梁余风，以改造宫体诗的方法开始自觉地为唐诗发展清扫道路。他们为诗歌注入实实在在的生活内容和清新刚健的风格。他们的优秀之作，一扫齐梁靡靡之音，为唐诗繁荣投来了第一缕明丽的霞光。但由于他们并未完全摆脱六朝宫体的体制，藻绘余习难免。但他们的历史功绩是不可磨灭的。杜甫后来给予他们很高的评价：“王杨卢骆当时体，轻薄为文哂未休。尔曹身与名俱灭，不废江河万古流。”

陈子昂改革诗风，走的则是与“四杰”不同的路子。他直接从汉魏风骨中汲取营养，高倡“兴寄”、“风骨”。他既有理论又有创作，以自己的理论和实践为唐诗开辟疆域。他是唐诗发展中继往开来的关键人物，有人将他比作大泽乡振臂一呼为群雄开路的先锋。韩愈后来有诗称：“国朝有文章，子昂始高蹈。”

杜审言、沈佺期、宋之问等人，则继承南朝诗人对于诗形的研究，精心完成了五七言律体，为唐诗的繁荣作出了自己的贡献。

三

从玄宗即位到代宗登基(712—762)，史称盛唐。

诗至盛唐，最为夺目。这一时期，名家辈出，群星灿烂。出现了以王维、孟浩然、储光羲、常建为代表的田园山水诗派；以高适、岑参、李颀、王昌龄为代表的边塞诗派；以及在诗歌史上雄视千古的双子星座——李白和杜甫。在诗歌创作方面显示了盛唐之所以为“盛”。

集中反映盛唐积极进取时代精神的，是出自王、李、高、岑之手的边塞诗。这些诗篇，充满了建功立业的激情，交织着英雄气概与儿女情长，慷慨悲凉而始终不失昂扬奋发。

这一时期的田园山水诗，挖掘的是田园山水和普通生活的诗意，抒写的是清澄无染的人格魅力，艺术上，上承陶潜、二谢而自成一家。尤其是王维，他常常用极简省含蓄的文字描绘出诗意盎然的画境，是一个影响深远的作家。

这一时期的七言歌行，成了“盛唐气象”的直观载体，李白、高适、岑参、李颀等人，他们以纵肆的笔调，多变的章法，淋漓尽致的笔墨，写壮伟宏丽的题材，表现出豪迈非凡的气概。尤其是李白，意气风发，才思横溢，其歌行不拘骈偶，杂用古文和《楚辞》句法，纵横捭阖，虎踯龙腾。这一时期的绝句也称得上唐诗中的极品，李白、王昌龄、王维、王之涣、高适、岑参都深谙此道，他们的作品充分显示了盛唐诗人非凡的艺术造诣。

以上是就整体说的，倘具体分析，安史之乱前与安史之乱后，诗坛面貌并不一样。

程千帆先生指出，安史之乱前，诗人们在创作中所散发的是强烈的浪漫气息。他们或向往边塞追求功名，或遗世高蹈希企隐逸，或因时变化二者兼有。其热烈高昂或悠游自在的歌唱无不充满浪漫气息，前人所说“盛唐气象”，很大程度指的就是这种富于浪漫气息的时代精神。

经历安史之乱国破家亡之痛，诗人们再也唱不出热烈高昂或悠游自在之歌了，只有杜甫，始终以严肃、悲悯的心情关注着社稷黎元的命运，为家国安危人民哀乐而歌唱。杜甫一生把许多国家变故、民间疾苦，自己所经所历、所感所思写到诗里，他以碧海掣鲸的笔力，表现那个时代的巨痛，抒写胸中如山如河的郁积。他把律诗发展到完全成熟的阶段。杜甫的作品，诸体兼备，包容博大，沉郁顿挫，地负海涵。其人，被誉为“诗圣”；其诗，被誉为“诗史”。

四

安史之乱以后，进入中唐。经过短暂的衰退，诗歌创作又形成新的高峰。刘长卿、韦应物的山水诗，是王维、孟浩然一派的继续；卢纶、李益的边塞诗，是高适、岑参一派的余绪；元结、顾况的新题乐府诗，承杜甫“即事名篇”之传统，开新乐府运动的先声。特别是宪宗元和时期(806—820)，“诗到元和体变新”，出现了以白居易为首，元稹、张籍、王建、李绅等为羽翼的“白派”，以及以韩愈为首，孟郊、贾岛、卢仝等为羽翼的“韩派”，蔚然壮观。

白派诗人继承了杜甫敢于正视现实、抨击黑暗的一面，并努力使语言通俗流畅，生动感人。其乐府叙事诗，题材广阔，组织复杂，风格平易。韩派诗人则继承了杜甫在艺术上刻意求新、富于创造的精神，致力于在杜甫胸中笔下还没有来得及开拓的境界。内容上，他们写险怪、幽僻；形式上，以散文句法入诗。如果说李、杜诗中有文，韩愈简直是以文为诗。他丰富了“唐音”，也影响到宋代。

除“韩”、“白”两大派，柳宗元、刘禹锡、李贺也是这一时期卓有成就的诗人：柳诗峻洁清腴，摹山范水，上承谢灵运；刘诗简练沉着，讽时之作，下启苏东坡；李诗奇诡瑰丽，其新辞异采，妙思怪想，固然受韩孟诗风的影响，但他在韩白之外自创了独特的艺术风格。

五

进入晚唐，最突出的诗人有杜牧和李商隐，有“小李杜”之称。杜诗出于杜、韩，风格上熔清新峻拔为一炉。其七绝，清新俊逸，在王昌龄、李白之后自成一家。李商隐的七律，在前人已多方开拓、几乎难以为继的情况下异军突起。其语言、对仗、声律、典故，都经过了精心的选择与组织，开阖顿挫，变化万千，接席杜甫而无愧。他们构成唐诗灿烂的晚霞。与李商隐齐名的温庭筠，情思才力虽比不上李商隐，其轻艳的诗风，对唐末诗人也产生了影响。其后，杜荀鹤、罗隐、聂夷中等人以通俗的语言反映社会问题，追踪元白；司空图、韦庄等人，以凄婉轻艳的风格，伤悼乱离；皮日休、陆龟蒙等人，每于吟咏悠闲时显出不忘世事的沉痛。他们虽构不成盛唐、中唐气象，但也不失为晚唐余韵。

六

以上是对唐诗发展轮廓一个大致的勾勒。唐代诗歌创作，有如一部气势雄伟、跌宕起伏而又气象万千的大合唱，仅《全唐诗》所收诗人，就达2200多人，诗48900余首。在以上描述中未被提及的诗家，就如同绿叶之于红花，群星之于皓月，正是因为他们的参与，有唐一代的诗歌创作才会显得这样的雄浑、高亢、有声有色而又令人荡气回肠。